Kadokawa Fantastic Novels

Contents

熊熊勇闖異世界
3
くまなの
Illustrator029
Kadokawa Fantastic Novels

技能

▶ **異世界語言**
可以將異世界的語言聽成日語。
說話時傳達給對方的內容也會轉變成異世界語言。

▶ **異世界文字**
可以讀懂異世界的文字。
書寫的內容也會轉變成異世界文字。

▶ **熊熊異次元箱**
白熊的嘴巴是無限大的空間。可以放進（吃掉）任何物品。
不過，裡面無法放進（吃掉）還活著的生物。
物品放在裡面的期間，時間會靜止。
放在異次元箱裡面的物品可以隨時取出。

▶ **熊熊觀察眼**
透過黑白熊服裝的連衣帽上的熊熊眼睛，可以看見武器或道具的效果。
要戴上連衣帽效果才會發動。

▶ **熊熊探測**
藉由熊的野性能力，可以探測到魔物或人類。

▶ **熊熊地圖**
可以將熊熊眼睛看到的地方製作成地圖。

▶ **熊熊召喚獸**
可以從熊熊手套召喚出熊。
黑熊手套可以召喚出黑熊。
白熊手套可以召喚出白熊。

▶ **熊熊傳送門**
只要設置傳送門，就可以在各扇門之間來回移動。
在設置好的門有三扇以上的情況下，可以透過想像來決定傳送地點。
傳送門必須要戴著熊熊手套才能夠打開。

魔法

▶ **熊熊之光**
藉由聚集在熊熊手套上的魔力，可以產生熊熊形狀的光球。

▶ **熊熊身體強化**
將魔力灌注到熊熊裝備，就可以進行身體強化。

▶ **熊熊火屬性魔法**
藉由聚集在熊熊手套上的魔力，可以使用火屬性的魔法。
威力會與魔力、想像呈正比。
如果想像出熊的模樣，威力會變得更強。

▶ **熊熊水屬性魔法**
藉由聚集在熊熊手套上的魔力，可以使用水屬性的魔法。
威力會與魔力、想像呈正比。
如果想像出熊的模樣，威力會變得更強。

▶ **熊熊風屬性魔法**
藉由聚集在熊熊手套上的魔力，可以使用風屬性的魔法。
威力會與魔力、想像呈正比。
如果想像出熊的模樣，威力會變得更強。

▶ **熊熊地屬性魔法**
藉由聚集在熊熊手套上的魔力，可以使用地屬性的魔法。
威力會與魔力、想像呈正比。
如果想像出熊的模樣，威力會變得更強。

裝備

▶ **黑熊手套（不可轉讓）**
攻擊手套，威力會根據使用者的等級而提升。

▶ **白熊手套（不可轉讓）**
防禦手套，防禦力會根據使用者的等級而提升。

▶ **黑熊鞋子（不可轉讓）**
▶ **白熊鞋子（不可轉讓）**
速度會根據使用者的等級而提升。
根據使用者的等級，可以長時間步行而不會感到疲勞。

▶ **黑白熊服裝（不可轉讓）**
外觀是布偶裝。具有雙面翻轉功能。

正面：黑熊服裝
物理與魔法防禦力會根據使用者的等級而提升。
具有耐熱與耐寒功能。

反面：白熊服裝
穿著時體力與魔力會自動回復。
回復量與回復速度會根據使用者的等級而提升。
具有耐熱與耐寒功能。

▶ **熊熊內衣（不可轉讓）**
不管使用多久都不會髒。
是不會附著汗水和氣味的優秀裝備。
大小會根據裝備者的成長而變化。

51 熊熊出發去王都

擔任護衛的出發日當天，我先到堤露米娜小姐的家去接了菲娜。

然後我們要去領主的宅邸和諾雅會合。

「對了，優奈姊姊，妳要護衛的人是誰呢？」

「嗯？我沒有說過嗎？是這個城市的領主女兒喔。」

我告訴菲娜，她的臉色就愈來愈蒼白。

「領主大人……那麼，我們等一下要去佛許羅賽大人的家嗎？」

我點點頭，菲娜就……

「我要回去了。」

說出這種話，所以我用熊熊玩偶手套抓住菲娜的手，免得她跑掉。

「領主又不會吃了妳，沒問題的啦。而且護衛對象是他的女兒，一個叫做諾雅的女孩子。」

看菲娜的反應就可以發現，這個世界的貴族和平民果然有很大的階級差異。

可是就算是貴族，諾雅也是一個可愛的好孩子。

「諾雅兒大人嗎？就算是那樣，我這種人和她一起……」

奇怪，我明明是用暱稱來稱呼，她卻說出了諾雅兒這個名字。

她應該還是知道這號人物吧。

「總之先過去吧。如果不行的話，我們下次再兩個人一起去就好。」

被我抓住的菲娜勉為其難地跟著我走。

我們一抵達領主的宅邸，諾雅就已經手扠著腰，抬頭挺胸地站在門前了。

「太慢了！優奈小姐！」

這就是打招呼前的第一句話。

「我沒有遲到吧。妳等多久了？」

「我起床之後，吃完早餐就馬上開始等了，所以大約一個小時……」

「太早了吧。」

「一想到可以和熊熊一起旅行，我就等不及了。」

她一臉羞澀地說。

好可愛的反應。

「對了，我有一件事想要拜託妳。」

「什麼事呢？」

「我可以帶這孩子一起去嗎？」

我指著在我身旁緊張得提心吊膽的菲娜。

「這個女生是誰呢？」

「她是我的救命恩人，菲娜。」

「不、不是的。是我被優奈姊姊救了一命！」

菲娜否認了我的介紹內容，但我覺得我並沒有說錯。

「因為她說她沒去過王都，我才想要帶她過去。所以，我想要取得妳和克里夫的許可。」

「我不會介意。只不過，我是不會把熊熊讓給妳的！」

諾雅用手使勁對菲娜一指。

「妳們兩個人要一起騎在熊的背上喔。」

「那就沒辦法了。可是，我是不會把前面讓給妳的。」

她再度用力指著菲娜。

「我還是想要取得克里夫的同意，他現在有空嗎？」

實在是不能光靠諾雅的許可就帶菲娜一起去。

諾雅走進宅邸中，把克里夫帶了過來。

「沒關係。」

「可以嗎？」

「是一個人還是兩個人都一樣。而且，我女兒應該也比較想要有年紀差不多的女孩陪伴。」

順利讓對方准許我帶菲娜同行了。

菲娜很緊張地向克里夫打招呼：

「我是菲娜。」

「我女兒就拜託妳了。」

「素……」

「不要欺負菲娜啦。」

我拉著菲娜的手，在克里夫面前護著她。

「別說得這麼難聽，我只是打聲招呼而已。」

他這麼抗議，讓菲娜緊張的大概是貴族的身分吧。

「既然已經獲得同意了，我們就往王都出發吧。」

我們前往城門。

雖然諾雅看起來很高興，菲娜卻很緊張。

「對了，妳叫什麼名字？」

「我叫做菲娜。」

「菲娜呀。我叫做諾雅兒，多多指教嘍。」

「是！」

她們互相自我介紹。可能是招呼語緩解了緊張，菲娜的表情恢復笑容。

一來到城市外面，我就召喚出熊緩和熊急。

召喚完成的瞬間，諾雅很高興地抱住熊緩。

「熊緩，多多指教喔。」

她問候了熊緩，然後再同樣抱著熊急打招呼。

我請她們兩人坐到熊緩身上，我則騎上熊急。

「我剛才也說過了，我坐前面喔。」

「是的，諾雅兒大人。」

「那麼，到王都的路上就要請妳多多關照嘍，菲娜。」

諾雅對菲娜伸出手，菲娜雖然緊張，還是握住了她的手。

「好的，請多多關照。」

諾雅坐在熊緩的前方，菲娜則坐在後方。

兩人的臉上都露出了笑容，這樣應該就沒問題了吧。

我也騎到熊急的背上。

「那麼，我們就朝王都出發吧！」

因為這次的旅程不用趕時間，我們慢慢地往王都前進。

「呵呵呵，熊緩～～就拜託你載我們到王都嘍。」

諾雅溫柔地撫摸著熊緩。

「諾雅兒大人以前就認識熊緩和熊急了嗎？」

「對呀，優奈小姐有來過我家，我曾經騎過熊熊一次，我當時還有跟熊熊一起睡午覺喔。我從昨天開始就期待今天，期待得不得了呢。」

兩人和樂融融地對話著。

「對了，菲娜妳和優奈小姐是什麼樣的關係呢？」

「我第一次來到這個城市的時候在森林裡迷了路，就是菲娜救了我。」

「雖然是這樣，可是我在森林裡被野狼攻擊的時候，是優奈姊姊救了我。我只是帶她到城市裡而已。」

「然後我當上了冒險者，因為不會肢解魔物，所以我就拜託菲娜來做。」

「是的，我也很感謝優奈姊姊給我薪水。」

「菲娜，妳會肢解魔物嗎？」

諾雅的臉上浮現驚訝的表情。

「是的。我從以前就在公會工作到現在。」

「從以前……妳現在幾歲？」

「我現在十歲。」

「那不是跟我一樣嗎，這個年紀肢解魔物……」

諾雅很訝異地看著坐在身後的菲娜。菲娜看起來很不好意思。

即使是這個世界，十歲的小孩子能夠肢解魔物也很奇怪，會肢解的菲娜果然很特殊。

後來，她們兩人在熊緩身上融洽地聊著彼此的事。

感情好是一件好事。

既然是同年，我也希望她們可以跨越貴族和平民的隔閡，好好相處。

聽著她們兩人的對話，我們悠閒地朝往王都的道路上前進。

我們沒有遇到魔物或是盜賊，和平的一天來到了傍晚。

通往王都的路程還很漫長。

我環顧四周，尋找著最適合露宿的地點。

稍微遠離主要道路的地方有幾棵樹木。

「那裡應該可以吧？」

我決定好露宿的地點，移動到有樹木的地方。

「優奈小姐，我們該不會是要在這裡紮營吧？」

「是啊，妳該不會以為可以住在旅館吧？」

「呃，是的。以前如果到了村子或城市附近，我們都是住在旅館。如果沒有的話，就是在馬車上睡覺……」

原來如此，不愧是千金小姐。

「我還是第一次要在什麼都沒有的地方睡覺。」

「妳大可放心，我有準備睡覺的地方。」

「…………？」

我叫兩人稍微離遠一點，從熊熊箱中取出熊熊屋。

外觀同樣是熊熊。

可是，尺寸是外出專用的樣式。

大概是城裡的熊熊屋的一半左右。

而且，構造和上次與菲娜一起去狩獵虎狼的時候不同。

我們眼前的新熊熊屋是兩隻熊坐在地上的模樣。右邊的熊是大熊，左邊的熊是小熊。

大熊是住家，小熊是倉庫，也是菲娜進行肢解的地方。

入口在大熊的左腳腳底。

因為太大會引人注目，所以我才做成這種大小，但是放在平原上也已經十分顯眼了。

「優奈小姐！這、這是……」

諾雅看著熊熊屋，發出驚嘆的聲音。

也對啦，有人從道具袋裡拿出熊熊形狀的房子，當然會驚訝了。

「這是熊熊屋。因為是外出用的，所以比較小。」

如果和克里莫尼亞的房子相比的話。

「我想問的不是名稱，我在想它是從哪裡出現的。不對，我雖然知道是從哪裡出現的，可是那是可以放到道具袋裡面的東西嗎？」

「不過我不知道最大可以放進多大的東西。」

我測試過熊熊箱可以放進多大的物體。當時我曾試著收納熊熊屋，結果就成功放進去了。在那之後，我也放過黑蝰蛇，但我不知道實際上的尺寸極限在哪裡。

「菲娜不驚訝嗎？」

諾雅對看到熊熊屋也不驚訝的菲娜發問。

「不會，因為我以前就看過優奈姊姊拿出熊熊房子了。」

「對了，這件事是祕密，不可以告訴別人喔。」

我叮嚀諾雅，我自己也很清楚熊熊箱是很異常的東西。

「那我們進去吧，一整天都在移動，妳們也累了吧。」

我召回熊緩和熊急，從熊熊的左腳腳底走進房子中。

「啊，諾雅，要麻煩妳在這裡脫掉鞋子喔。」

熊腳的部分是房子的玄關。

我幫諾雅和菲娜準備像拖鞋一樣的室內鞋。

經過玄關之後，可以通到客廳兼飯廳。

一進到房裡，諾雅就發出了驚奇的聲音。

「這間房子是怎麼回事呀！」

房裡被魔石的光芒照亮，空間姑且可以擠下十人左右。

「好了，妳們就隨便找張椅子休息一下吧，我去準備晚餐。」

我走進廚房，在平底鍋內放油，準備絞肉和蛋來做漢堡排。

我也同時做了沙拉，蔬菜也是很重要的。

漢堡排煎好的時候，我將旅館煮好的熱湯裝到盤子裡，再將剛出爐的麵包放到盤子上。然後，在杯子裡倒進果汁就完成了。

我把做好的料理端到桌子上，等一下就可以吃了。

「優奈小姐，這是？」

「是晚餐。如果妳想吃和家裡一樣的料理，我做不出來。」

「不，我並沒有那麼想。這種味道聞起來反而比家裡的料理還要香呢。」

「這樣啊，那太好了。趕快趁熱吃吧。」

諾雅和菲娜開始吃飯。

「這麼美味的食物是什麼？」

「這是漢堡排。」

「漢堡排？」

「是啊，這個國家不吃這種東西嗎？」

「這麼問我也不知道，因為我是第一次吃到。」

「這樣啊。其實這只是用野狼或牛、豬的絞肉做成的。」

「優奈姊姊，我在家裡也可以自己做嗎？」

「可以啊，不過要做醬汁可能有點困難，配白蘿蔔泥也很好吃喔。」

「下次請教教我，我想要做給家人吃。」

「好啊。」

「我也想學。」

連諾雅也接在菲娜之後提出要求。

「諾雅不需要學吧，女僕小姐會幫妳做料理的。」

「是沒錯，可是我不喜歡被排擠的感覺。」

「就算要教妳們，也要等到我們回到城裡才行呢。」

「這碗湯也很好喝。」

「那是我請旅館做的。」

「這些麵包呢？」

「那是我找到好吃的麵包店，一口氣買下來的。」

我們天南地北地聊著，吃完這一餐。

經過這一天，菲娜和諾雅已經熟到可以正常對話了。

「那麼，餐後休息一下就去洗澡吧。天一亮就要出發了，要早點睡喔。」

「好的，我知道了。」

「要那麼早出發嗎？」

菲娜平常總是會早起做家事和工作。身為貴族的諾雅可以悠閒地迎接早晨。兩個人的反應很明顯地出現了分歧。

「因為我不想讓其他人看到這棟房子。晚上的話，其他人應該也還在睡。所以才要在被看見之前早點出發。」

「我知道了。還有，我剛才聽到洗澡，應該是我聽錯了吧？」

諾雅搓著耳朵問我。

「妳沒聽錯。屋子裡有浴室，先暖暖身子再去睡吧。浴室的使用方式……菲娜妳教她吧。」

「我的常識漸漸被打破了。」

菲娜把這麼說著的諾雅帶到浴室去。

我在這段時間內收拾餐桌。

不過，也就只是清洗盤子和杯子罷了。

她們兩人洗完澡之後，我把吹風機交給她們，叫她們把頭髮吹乾。

我就利用這段時間洗澡。

我從浴室走出來的時候，她們兩人已經在等待了。

「妳們還沒睡啊？」

「要在哪裡睡覺？」

啊，我都忘記自己還沒有分配房間了。

一樓有飯廳兼客廳、廚房、廁所、浴室。

二樓有三間小的房間。

一間是我的房間。

剩下的兩間則是客房。

客房裡各放了三張床，總共可以睡六個人。

我讓她們兩人看房間……

「怎麼樣？妳們要睡在不同的房間嗎？」

再對看著房間的她們發問。

「我都可以，請諾雅兒大人決定吧。」

「我想要在睡前聊天一下，我們睡同一個房間好了。」

「好的。」

「聊天是沒關係，但要早點睡喔。」

我告誡她們不要熬夜，然後回到自己的房間睡覺。

因為如果告誡別人的人自己睡過頭，那就太丟臉了。

52 熊熊發現被攻擊的馬車

隔天早上，我在日出之前便起床。

外頭的天色還很暗。

本來我應該還會感到微寒，但多虧有熊熊服裝，我感覺不到寒意。

我從白熊裝換成黑熊裝，走下一樓。

「優奈姊姊，早安。」

菲娜已經起床了。可是，我沒有看到諾雅的身影。

「早安，諾雅呢？」

「因為我不忍心叫她起床，所以她還在睡。」

「那我去準備早餐，妳去叫諾雅起床吧。」

我把諾雅的事交給菲娜，準備昨天喝過的湯和麵包當早餐。

睡眼惺忪的諾雅來到飯廳。

「早安。」

「妳看起來好睏。」

「因為我平常這個時間都還在睡。」

「吃完早餐就要出發了喔。」

「好的～～」

諾雅打著呵欠回答。

菲娜帶著微笑看著她。

吃完飯的我們朝著王都出發。

我們在通往王都的旅程中沒有被盜賊襲擊，也沒有遇到魔物，非常和平。

我們在途中找到村莊就會購買新鮮蔬菜等物資。

基本上，我們移動的時候大多是在睡覺。只要待在熊緩牠們身上就不用擔心墜落，所以可以安心入睡。

諾雅可能是因為太早起，又或者是因為熊緩牠們的背上很舒適，所以睡得很熟。

離開城市之後過了幾天。

「停下來一下。」

我叫熊緩和熊急停下來。

「發生什麼事了嗎？」

「前方有人和魔物。」

「真的嗎？」

從這裡是看不見的。

多虧有熊熊探測的技能，我才能發現。

我偶爾會為了確認周圍的安全而使用探測技能。

結果，我發現我們前進的方向有人和魔物的反應。

「優奈姊姊，該怎麼辦才好？」

「如果有人被攻擊的話，就得去救他們了。」

魔物的反應是半獸人。

要打倒牠們是沒有問題。

可是，我不想要帶諾雅和菲娜兩個人去危險的地方。

「優奈姊姊。」

菲娜一臉擔心地抓著坐在前面的諾雅的衣服。

就這樣見死不救也會令人良心不安，而且她們兩個人已經知道有狀況發生了。

如果被攻擊的人死了，她們可能會感到悲傷。

「我去幫忙一下。魔物可能會攻擊妳們，所以絕對不可以離開熊緩喔。」

「優奈姊姊，不要太勉強喔。」

「優奈小姐……」

「沒事的。」

我留下一臉擔心的兩人，叫熊急起跑。

馬車正遭到半獸人的襲擊。

馬車周圍有看似冒險者的人正在戰鬥，所以人的反應才沒有消失。

我看到冒險者時一瞬間感到安心，但對方好像被魔物的數量壓制住了。

「一、二、三………八。」

半獸人有八隻。

正在戰鬥的冒險者有四個人。

穿著魔法師服裝的冒險者被一隻半獸人推倒了。

劍士正在馬車旁邊和兩隻半獸人戰鬥。

剩下的兩個人正在稍遠一點的位置被五隻半獸人包圍著。

我從熊急身上跳下來，往情況最危急的魔法師那裡跑過去。

我踢擊地面加速。

倒在地上的魔法師想要逃走，半獸人卻死纏爛打地抓著魔法師的腳。

半獸人用左手抓住魔法師的腳，正要揮下右手拿著的棍棒。

糟糕了。

我在手中凝聚魔力，對半獸人放出風之刃。

還沒有注意到我的半獸人被風之刃砍斷粗壯的脖子。

因為等級上升，威力增強了？

魔法師環顧四周確認發生了什麼事，然後注意到我的存在。

「熊？」

我衝過看到我的熊熊裝扮而感到驚訝的魔法師身邊，往下一個目標前進。有一名女性劍士正在單獨保護馬車不受兩隻半獸人攻擊。

因為半獸人正在與劍士對峙，所以從我的角度看來，牠們的背後是毫無防備的。

只不過，因為半獸人前方有劍士和馬車，如果使用變強的風之刃，有可能會誤砍劍士和馬車。

我使用土魔法，讓土纏繞住半獸人的下半身，阻止半獸人的行動。

「什麼！」

劍士很驚訝。

「我封住半獸人的動作了，妳自己給牠們最後一擊吧！」

劍士馬上就理解了我說的話，繞到半獸人的旁邊揮劍。

接著我跑向在遠離馬車的地點與五隻半獸人戰鬥的冒險者那裡。

因為兩個人被包圍住了，所以和剛才一樣不能使用風之刃。

就算用土魔法封住半獸人的下半身，也有可能讓被包圍的兩個人無處可逃。

我在手上聚集魔力。這次不是風之刃，我想像自己創造出團狀的空氣。

接著，我對半獸人放出這種空氣團。

同時五發。

空氣彈分別擊中半獸人的身體，將牠們吹到後方。

冒險者被飛出去的半獸人撞到也無可奈何。

總比被殺掉好。

倒地的半獸人們站了起來，冒險者也正要站起來。

「很危險，繼續趴著！」

我對冒險者喊道。

我對站立起來的半獸人放出橫向的一記大型風刃。

半獸人的身體被一刀兩斷，龐大的身軀癱倒下來。牠們的前方有倒在地上的兩名冒險者。

冒險者被半獸人的血噴得滿身都是。我都救到人了，應該不會被罵吧。

我打倒所有的半獸人，靠近渾身是血的冒險者。

「沒事吧？」

「熊？」

留著一頭長髮的女性冒險者站了起來，把劍收到劍鞘裡。

另一名女性冒險者也確認了周圍的狀況。

「呃，是妳救了我們嗎？」

「算是吧。」

兩人一臉不可思議地看著我的裝扮。

「那個，謝謝妳，妳救了我們。」

「我只是碰巧路過而已，妳們不用放在心上。」

雖然兩人都被半獸人的血噴得很狼狽，卻沒有生氣的跡象。

她們或許有點可憐，但既然是緊急狀況，這也沒辦法。

「瑪麗娜！」

剛才在馬車附近戰鬥的冒險者跑了過來。

「妳沒事吧？」

「嗯，我沒事。因為這個打扮成熊的女孩救了我們。妳那邊呢？」

「我和艾兒也都被這個女孩救了，所以沒事。」

聽到這些話，長髮女性的臉上浮現安心的表情。

「這樣啊，艾兒她們也沒事呢。我再鄭重地道謝一次。謝謝妳救了我們。」

「幸好有趕上。」

如果我再稍微猶豫一下，她們說不定就危險了。

「我是在這個隊伍中擔任隊長的瑪麗娜，那邊那個拿著大劍的人是瑪絲莉卡，另一個是……」

「我是伊蒂亞。」

我一開始救到的魔法師好像叫做艾兒。

我們把半獸人留在原地，暫時回到馬車附近。

我在途中呼喚了熊緩牠們。

或許是心電感應，雖然我不清楚原理，但我可以在遠離熊緩牠們的情況下下指示。

「艾兒，妳還好吧？」

「嗯，我沒事，雖然差一點就要被殺掉了。」

可能是因為被半獸人抓住，她的衣服有破洞，露出了雪白的肌膚。

雖然她有用手遮住，卻因為胸部大，都滿到手掌之外了。

是我的敵人嗎！

「多虧有妳在，我們才可以逃過一劫，謝謝妳。」

她看著我的裝扮，用尷尬的表情道謝。

大概是正在忍耐想要針對我的服裝提出各種問題的衝動吧。

「那是什麼！」

正在戒備著四周的瑪麗娜大叫。

「是熊！」

這個瞬間，冒險者們把手放到劍上。

「等一下，有女孩子騎在熊身上。」

熊緩的身上坐著諾雅和菲娜。

「那是我的熊，沒事的。」

「妳的熊？」

冒險者們看著我的裝扮和熊緩牠們，可能是理解了狀況，這才解除備戰狀態。

「優奈小姐！妳沒事吧！」

「優奈姊姊，妳還好嗎？」

「我沒事。」

「太好了。」

諾雅和菲娜從熊緩身上爬下來，來到我身邊。我把熊熊玩偶手套放到兩人頭上，讓她們放心。

她們兩人微微地顫抖著。

兩個人都是十歲的女孩子嘛，這也沒辦法。

53 和熊熊在一起

「是妳救了我們嗎？」

我摸著菲娜她們的頭，這時有人從後方對我開口說話。

我回過頭，看見一個年老男性和一個女孩子。女孩子應該比菲娜還要小一點吧？

他們兩人都和諾雅一樣穿著漂亮的服飾，看來應該是貴族或富裕人家吧？

畢竟他們請得起冒險者擔任護衛。

「如果你是說關於半獸人的事，沒錯。」

「這樣啊，那麼，我也得向妳道謝才行呢。我是葛蘭・法蓮格侖。感謝妳救了我們和我的孫女。」

自稱是葛蘭的老爺爺低下頭表達謝意。

「我是冒險者優奈。我只是剛好路過才會出手幫忙，不用放在心上。」

「話說回來，妳的裝扮可真是奇怪。」

葛蘭先生看著我的熊熊服裝，說出心裡的感想。

剛才開始就很在意我的打扮的冒險者們也點點頭。

「希望你們可以不要在意。」

我無法說明自己為什麼要穿著布偶裝，只好這麼回答。

「不過，沒想到妳可以輕鬆地打倒半獸人。對了，站在那邊的小姐是克里夫家的女兒嗎？」

葛蘭先生望向諾雅，他們好像認識。

「葛蘭老爺，好久不見了，我是諾雅兒。」

諾雅用貴族風範打了聲招呼。

既然會用老爺來稱呼他，他果然是貴族吧。

「是嗎，是諾雅兒啊，一年沒見了呢，妳長大了。克里夫不在嗎？」

葛蘭先生環顧四周。

「家父還有工作，所以現在留在城裡，他交代我一個人前往有家母在的王都。」

「那麼，妳是一個人來到這裡的嗎？」

「是的。不過我身邊有負責護衛的優奈小姐在，所以沒問題。」

葛蘭先生看著我。

「雖然打扮奇怪，克里夫那小子似乎也請了一位優秀的冒險者呢。」

真希望他不要口口聲聲地說我很「奇怪」。

「米莎，好久不見。」

諾雅靠近了站在葛蘭先生身邊的女孩子。

她的年紀大概比諾雅小一點吧，這個女孩留著一頭漂亮的銀色長髮。

「諾雅姊姊大人，好久不見了。」

「米莎也要去王都嗎？」

「是的，父親大人和母親大人已經先到王都了，所以我和爺爺大人一起前往王都。」

姊姊大人。聽起來感覺真好，我也想要被人家用優奈姊姊大人的稱呼叫叫看。

一旦試著想像，我就覺得渾身發癢。嗯，而且很讓人不好意思。

「抱歉打擾你們說話，可以聽我說幾句嗎？」

把半獸人的血洗掉，身體變乾淨的瑪麗娜走了過來。

「要是放著那些半獸人不管，說不定會引來牠們的同伴或是想要吃屍體的其他魔物。我們想要處理一下半獸人。」

「處理是指？」

「雖然打倒牠們的人是妳，但那也是在我們戰鬥的時候從後方攻擊才打倒的。所以，我們也希望可以拿到其中一部分。」

喔，原來是那麼回事。

雖然我不知道半獸人的素材有多少價值，但她們身為冒險者，還是會想要分到一部分吧。

「我就不用了，妳們可以自由取用。」

「妳說這話是認真的嗎？妳打倒的部分有六隻喔。而且伊蒂亞打倒的兩隻也是託妳的福。」

似乎沒有想到可以拿到全部的冒險者們對我說的話感到驚訝。

「而且我們也有打倒一些半獸人，就算不給我們全部也沒關係的。」

在我到達之前，現場就已經倒著幾隻半獸人了。她們好像是被大約十隻的半獸人襲擊的。

「我們要先去王都，所以妳們可以自由決定。」

我靠近熊急，然後跳到牠背上。

而且熊熊箱裡還裝著很多半獸人，所以沒有必要勉強收下。

「諾雅、菲娜，我們走吧。」

我們已經沒有必要待在這裡了。

「等一下。」

葛蘭先生叫住了我們。

「既然妳們也要去王都，要不要一起去呢？」

他表示想與我們同行。我稍微想了一下便回答：

「因為沒有好處，所以我拒絕。」

馬車和熊緩牠們的速度差太多了。

「我會支付護衛費用。」

「還有她們正在擔任護衛吧，而且那樣不是對她們很失禮嗎？」

我說得讓待在附近的冒險者也可以聽見。

如果要僱用我，就表示他不信任她們。

「我並不是不信任瑪麗娜她們的能力，在通往王都的路上本來是不可能遇到半獸人群的。」

是嗎？

的確，我們在來到這裡的途中，一次也沒有遇見魔物。

「為了我孫女米莎，希望妳可以跟我們一起走。來到這裡的幾天，我們都只是坐在馬車裡，非常無聊。所以，我覺得有認識的諾雅兒在也會讓旅途變得比較有趣。」

嗯～～我想要想辦法拒絕對方，好處實在是太少了。

因為我不想要把熊熊屋的事情告訴可以信賴的人以外的人，所以如果和他們一起去，就不能使用熊熊屋了。如果不能使用熊熊屋，也就不能使用浴室和床鋪。

而且，如果一起走，速度一定會慢下來，這是最大的壞處。

該怎麼辦才好呢？

因為委託人是克里夫，如果他在的話就可以請示他的意思，但他不在這裡。

所以，我決定詢問身為護衛對象兼委託人女兒的諾雅的意見。

「諾雅，妳想要怎麼做？」

「我嗎？」

我把諾雅叫過來，在她耳邊說悄悄話。

「順便告訴妳，如果要一起走，就不能使用熊熊屋了喔。」

我不打算在不認識的人面前拿出熊熊屋。

「所以，這樣就沒有浴室和床舖可用了喔。」

我把不能使用熊熊屋的事情告訴諾雅，她就小聲低語著浴室、床舖、浴室、床舖……

現在，諾雅的腦中似乎正在進行著「浴室&床舖VS米莎」的戰爭。

諾雅發出「嗯～～嗯～～」的聲音呻吟著，終於讓戰爭分出勝負。

「優奈小姐。我很擔心米莎，想要跟她一起走，可以嗎？」

熊熊屋VS米莎的戰爭似乎是米莎獲得了勝利。

「只要是諾雅妳的決定就可以，不過我有幾個條件。」

「什麼條件呢？」

「熊熊屋的事情當然要保密。還有，如果有我認為打不贏的魔物出現的話，就要留下其他人，我們三個人自己逃跑。只有這件事要請妳有所覺悟。」

唯獨這一點，我是不會退讓的。我畢竟不是無敵的，說不定會有龍等等我打不贏的魔物存在。如果遇到那種魔物，我可沒有餘力保護其他人。

「我、我知道了。」

我轉頭面向葛蘭先生。

「妳們討論完了嗎？」

「我們決定跟你們一起走。」

「是嗎？那太好了。」

除了葛蘭先生，米莎也很高興可以和諾雅在一起，所以她跑向諾雅身邊。

「所以菲娜，妳去幫她們肢解吧，我想要早點出發。」

「我知道了。」

菲娜朝著正在肢解半獸人的冒險者們那裡跑了過去。

「對了，那些熊是妳的熊嗎？」

葛蘭先生看著熊緩和熊急問道。

「牠們是我的召喚獸，所以很安全，不要傷害牠們喔。」

「召喚獸啊。」

葛蘭先生看著熊緩和熊急，米莎也同樣用好奇的眼神看著牠們。

諾雅牽著米莎的手，走向熊緩牠們的身邊。

米莎雖然害怕，依然跟著她走。

「黑色的是熊緩，白色的是熊急喔。」

米莎慢慢地接近熊緩。

「牠們不可怕，沒問題的。」

諾雅伸手撫摸熊緩，看到她這麼做的米莎也一起觸碰熊緩。

「好柔軟喔。」

「對吧。這種觸感很棒，睡起來真的是舒服得不得了。」

諾雅抱住熊緩。

熊緩牠們也順利受到接納了。

過了一段時間，肢解完畢的瑪麗娜等人和菲娜回來了。

「那孩子的肢解技術很好呢。有她協助真是幫了我們大忙。對了，全部都給我們真的好嗎？」

「沒關係啦。還有，我們決定要跟你們一起去王都了，請多指教嘍。」

「好，我們才是，請多指教。」

瑪麗娜在出發之前確認了馬車的狀況。幸好馬車沒有問題，似乎馬上就可以出發。

確認完的瑪麗娜坐上馬夫座，而身為劍士的瑪絲莉卡則坐在她旁邊。

剩下的人坐到馬車裡面。

馬車中的空間大約可以乘坐六個人，座位是面對面的樣式。

裡面坐著葛蘭先生、米莎、諾雅，剩下的空間則是坐著艾兒和伊蒂亞。她們兩人正在確認左右和後方的狀況。

護衛不是應該待在馬車外面戒備嗎？雖然我這麼想，但如果有馬就算了，要裝備著劍和皮甲以和馬車相當的速度長時間步行實在是不可能的任務。

如果考量到一天要走十個小時左右，我們真的要好好感謝熊緩牠們才行。

而且如果在走了那麼久之後被魔物襲擊，就會因為疲勞而無法戰鬥。

坐上馬車的時候，諾雅用力指著菲娜發出宣言：

「這次就把熊熊讓給妳，不過那裡可是我指定的位子喔。」

她丟下這句話便坐到馬車裡面。

呃，熊緩和熊急都是我的召喚獸耶。

作好出發的準備，馬車開始行進。騎著熊緩的菲娜和騎著熊急的我在一旁接著跟上去。

我和菲娜會隨行在馬車的後方。

喳喀喳喀喳喀喳喀。

嗯～～速度好慢喔。

以這種速度，要花多少時間才能從這裡走到王都呢？

既然已經決定要一起走，這也沒辦法。

我把注意魔物的工作交給熊緩牠們，在熊急的身上睡午覺。

天氣很好，熊急的體溫也可以促使我進入夢鄉。

從出發到日落，馬車平安無事地前進著。

身為隊長的瑪麗娜下了停車的指示。

馬車在通往王都的空曠道路邊停了下來。

看來我們好像要在這裡紮營。

瑪麗娜率領的冒險者們各自開始準備餐點和床鋪。

我雖然很想拿出熊熊屋，還是忍了下來。

總而言之，我把菲娜和諾雅叫了過來，也開始幫她們準備餐點。

米莎好像要在那邊吃飯。

順帶一提，米莎是暱稱，她的名字好像叫做米莎娜。

不過，雖然說是準備餐點，但也只要從熊熊箱裡拿出簡單的食物就結束了。

瑪麗娜她們也只是從道具袋裡拿出攜帶糧食來吃而已。

不同的是，我的麵包是剛出爐的，又軟又溫熱。

我稍微享受著優越感吃著飯。

好了，睡覺時間也到了。

聽說早上要在日出的同時出發。因為平常都是這樣，所以沒問題。

我正要開始準備就寢的時候，瑪麗娜走了過來。

「我們想要決定一下負責守夜的順序。」

露宿野外還存在著名為守夜的睡眠大敵。

「要守夜的話，有牠們在就沒問題了。」

我指著熊緩和熊急。

「如果有魔物或人靠近我們，牠們會通知我。」

「是嗎？」

「所以不需要派人守夜。如果妳們會擔心的話，可以請妳們來做嗎？」

「這些熊可以信任嗎？」

她看著熊緩牠們。

「要不要相信就是妳們的自由嘍。」

我也只能這麼說。

一切都要看對方怎麼想。

「我知道了，我們會負責守夜的。」

瑪麗娜走向馬車。

「諾雅要在哪裡睡覺？」

順利保住今晚安眠的我向諾雅搭話。

「在哪裡是什麼意思呢？」

「我是問妳要和米莎一起睡，還是和熊緩牠們一起睡。」

「什、什麼呀，和熊緩牠們一起睡是指……」

她用顫抖的聲音問道。

「晚上不是又冷又危險嗎？熊緩、熊急，過來這邊。」

我叫熊緩和熊急過來，讓牠們坐下。

我接著叫菲娜擔任示範人，用毛毯把她包裹起來。

我讓裹著毛毯的菲娜靠在坐著的熊急肚子上睡覺。

我讓熊急的前腳抱著菲娜，好了，標題《和熊熊在一起》完成了。

「這、這麼美妙的睡法是怎麼回事……」

「這樣就不會冷了吧。」

「我去告訴米莎我要在這裡睡。菲娜！要把我的位子空出來喔。」

諾雅跑去找米莎，然後又馬上回到這裡。

可是不知道為什麼，米莎也一起過來了。

「優奈小姐，米莎說她也想要和熊緩牠們一起睡覺。」

「我也可以和熊熊一起睡覺嗎？我今天聽諾雅姊姊大人說了很多熊熊的優點，我也想要和熊熊一起睡覺，拜託妳了。」

她用直率又純真的眼神注視著我。

我實在是拒絕不了年紀比諾雅更小的米莎所拜託的事。

「可以啊，妳們兩個就和熊緩一起睡吧，我和菲娜會和熊急一起睡。」

「優奈小姐，謝謝妳。」

「非常謝謝妳。」

諾雅和米莎一臉開心地道謝。

兩人馬上就裹起毛毯，靠在一起躺到熊緩的肚子上。

「熊緩，直到危險逼近為止都不可以吵醒她們兩個喔。熊急，如果有魔物或人靠近就告訴我。」

我拜託熊緩和熊急。

接著，我請菲娜讓出熊急的半邊肚子，把身體靠上去。

嗯～～好溫暖。

我決定抱著熊急的前腳睡覺。

「菲娜，晚安。」

「是，晚安。」

54 熊熊抓住盜賊

深夜，我因為熊急的動作而醒來。

「熊急？」

我揉揉眼睛。

菲娜在我身旁靜靜地睡著。

為了不吵醒她，我小心地使用探測技能。

稍遠的地方有人？

我暫時看了一陣子，不過對方並沒有移動的跡象。

嗯～～我在睡前確認的時候並沒有發現到人。

既然熊急有反應，就表示是剛才才出現的吧。

「熊急，對方有移動再叫我。」

因為對方有可能只是在那個位置紮營而已，所以我拜託熊急注意，便繼續睡覺了。

後來熊急一直沒有反應，直到早上我都沒有被叫醒。

我早上起床以後使用了探測技能，發現對方並沒有離開我在深夜時確認到的地點。

我們簡單地解決了早餐，在日出時出發。

因為不想要被魔物襲擊，我使用了探測技能來檢查附近。

人的反應從後方跟了上來。

我們停下來休息的時候，對方也會停下來。

休息結束後，對方也跟著我們一起移動。

從後方跟過來的反應保持著一定距離。

嗯～～有點可疑，他們想要做什麼？

不過，被他人用同樣的速度跟蹤實在讓人不太舒服。

在這種情況下，有兩種可能性。

第一種是他們想要把我們當作護衛使用。

如果前方有敵人來襲，他們就會讓我們對付；如果他們從後方被攻擊，就會跑到我們這裡，把魔物丟給我們處理。

然後，另一種可能性是我們被他們盯上了。

他們有可能先派了偵察者跟過來，正在等待攻擊的時機或同伴到齊。

目前還不知道哪一個才是正確答案。

馬車停了下來，今天好像要在這裡紮營。

我用探測技能確認，發現他們果然停下來了。

這件事應該還是報告一下會比較好吧？

「瑪麗娜，妳現在有空嗎？」

「什麼事？」

正在準備紮營的瑪麗娜看著我。

我把跟在我們後面的人影告訴她，也說出自己的想法。

「的確有人會跟著前面的馬車走，但先和對方說一聲再一起行動才是一般的做法。不過，也有人會要求同行者付錢，所以從遠方跟著別人走是有可能的。」

「所以這樣沒問題嘍？」

「很難說呢，他們有可能是在監視我們。不過，妳怎麼知道有人跟過來？」

「是那兩個孩子告訴我的。」

我沒有說出探測技能的事情，假裝是熊緩牠們的能力。

因為不算是說謊，所以沒有問題。

「那要怎麼辦？」

「如果是真的，我想要確認一下那些跟過來的人影，不過應該沒有意義吧。」

「是嗎？」

「跟蹤的人會穿著就算被發現也無所謂的普通服裝，光從外表是無法判斷的。」

嗯，這麼說也對。應該沒有笨蛋會穿成一副「我是壞人喔」的樣子出來走動吧。

「優奈，從和半獸人的戰鬥可以看出來妳的實力很強，但那些熊也可以算在戰力中嗎？」

「我會叫熊保護諾雅她們，所以應該算不上什麼戰力喔。」

瑪麗娜搖了搖頭。

「可以也請召喚獸們負責米莎娜大人和葛蘭大人的護衛嗎？那樣的話，我們也比較容易戰鬥。」

一邊保護護衛對象一邊戰鬥的確很困難。

我並不想要讓菲娜她們遇到危險。

所以如果有可能被攻擊，我打算一個人去處理。

我只是希望瑪麗娜她們先作好有可能遇到襲擊的心理準備。

在沒有情報的情況下遇襲和在有情報的情況下遇襲，兩者可以說是天差地別。

「可以啊。我會叫熊也去保護米莎他們，只要所有人都待在馬車裡，保護起來也很容易。」

「真是幫了大忙，我會去跟葛蘭大人報告。」

瑪麗娜對我道謝，然後回到同伴的身邊。

後來，我們吃了晚餐，開始準備就寢。

「優奈小姐，我們真的會被攻擊嗎？」

瑪麗娜在吃飯的時候向大家報告了情況，指示諾雅、米莎、菲娜在遇襲的情況下躲到馬車裡。

「大家可以不用擔心。萬一發生了什麼事，這兩個孩子也會保護你們。」

熊緩和熊急叫了一聲以示回應。

「而且妳們覺得我有可能輸嗎？」

諾雅和菲娜比瑪麗娜更了解我。

「所以，妳們可以放心睡覺。」

「優奈姊姊，請不要太勉強自己。」

「沒事的。反正瑪麗娜也說過，他們有可能只是奸詐地打算把我們當作護衛使用的普通旅行者而已。」

「如果是那樣就好了。」

我溫柔地撫摸一臉不安的菲娜的頭。我這麼做，諾雅和米莎就用很羨慕的眼神看著我，於是我也同樣摸了摸她們的頭。

如果這樣就可以消除她們的不安，可說是非常划算。

「明天也要早起，快睡吧。」

「好的，優奈姊姊，晚安。」

「優奈小姐，晚安。」

「晚安。」

三人被熊緩和熊急抱著入睡。

我望向瑪麗娜等人，發現她們全都有點不安。

那麼，我也要把接下來的事交給熊緩牠們，準備睡覺了。

畢竟不知道會不會真的被襲擊，睡眠是很重要的。

我的身體搖晃著。

我睜開眼睛，發現是熊急叫醒了我。

「熊急？」

我漸漸清醒，想起睡前的事情。

對了，我們有可能遭到攻擊。

既然熊急叫醒了我，就表示有狀況發生了嗎？

我使用探測技能。

喔喔。有了，有了，人愈來愈多了。

十、二十，大概有二十五個人吧？

四個冒險者護衛配二十五個人會不會太多？

這個異世界是有一個強者就能夠打倒所有人的世界。

我小心地離開熊急，免得吵醒菲娜。
我告訴兩隻熊，如果有盜賊攻過來就要保護大家。
雖然我沒有要讓他們過來的意思。
「他們該不會來了吧？」
瑪麗娜等人走了過來。
「妳們還醒著啊？」
我本以為她們會輪流守夜，沒想到所有人都醒著。
「既然知道有可能會被攻擊，我們怎麼睡得著。」
就算如此，我還是覺得沒必要所有人都不睡。
因為也有可能是我們杞人憂天，結果卻不是。
「那邊好像聚集了相當多的人數。」
「叫醒大家，讓他們躲到馬車裡。」
瑪麗娜想要叫醒熟睡的大家，我卻阻止了她。
「讓他們繼續睡吧，我自己一個人過去。」
「一個人……」
瑪麗娜她們很擔心我。
「沒事的，如果有漏網之魚就拜託妳們了。」

雖然我不打算讓盜賊來到有菲娜等人所在的這裡，但為了安全起見，我還是拜託了她們。

「雖然我們知道優奈妳很強……」

他們人數眾多，不過其中會有很強的人嗎？

如果和哥布林差不多的話就沒問題，要是有強者在，我就更不想讓他們靠近菲娜等人了。

「我也要一起去。」

「瑪麗娜？」

冒險者同伴都感到驚訝。

「妳會妨礙到我。」

我說出真心話，老實說有人在只會礙手礙腳的。

「……妳一個人真的沒問題嗎？」

「沒問題的。」

我不認為在那群人之中會有比虎狼或黑蝰蛇更強的人。

「我知道了。那就拜託妳了。」

「嗯，我去去就回。其他人就交給妳們了。」

我看著被熊緩牠們抱著的菲娜、諾雅和米莎。

三個人都睡得很香甜。

我將剩下的事情交給熊緩牠們，在黑暗中開始奔跑。

我跑向探測技能偵測到反應的地點。

我在黑暗中奔跑的時候發現一件事。

我可以看清楚周遭的環境，這該不會是因為熊熊裝備吧？

熊熊裝備上好像偶爾會附加我不太清楚的能力，下次有空的時候再驗證看看吧。

我的視野捕捉到人影。他們在這種大半夜也不生火，我可以看到他們聚集在黑暗中握著劍，還可以聽到很不平靜的對話。

他們應該是盜賊沒錯。

既然這樣，在被攻擊之前先下手為強也沒問題吧。

我朝著沒有戒心的盜賊跑過去。

熊熊鞋子不會發出聲音，而且黑熊服裝也可以融入夜色之中。

我開始準備施放魔法。

「怎麼了？」

等他們發現已經太遲了。

我的魔法早已發動。

我讓成團的空氣襲向盜賊。

我把騎在馬上的人打下來，讓他們飛到後方。我再避開馬，讓站在馬旁邊的人滾到後方。

因為馬是無辜的嘛。

成團的空氣讓盜賊團集中在一起。

我接著迅速發動土魔法。

無數支土棒圍繞著倒在地上的盜賊，從地面上竄起。

雖然盜賊打算站起來逃出去，卻被土棒擋住而逃不了。

前後左右都無路可逃。

只有上方是開放的。

不過，我同樣用土魔法蓋住了上方。牢籠完成了。

「該死，用劍也砍不壞。誰來用魔法啊！」

有幾名盜賊用了魔法，卻被牢籠彈開，反射的魔法讓牢籠中變得一片混亂。

「不要用魔法！會死人的！」

「該死。到底發生什麼事了？」

「誰來用一下光魔法啊。」

被光線照射後顯現的，是被關在牢籠中的他們自己。

「晚安，各位盜賊。」

我出聲搭話，他們才終於注意到我的存在。

「熊？」

「那是什麼打扮啊。」

「這是妳幹的好事嗎！」

「放我們出去！」

「妳是騎在熊上面的熊……」

有人知道我這號人物，他就是跟在我們後面的人嗎？

都知道有熊在了，竟然還想要攻擊我們。不過，他們大概是以為有魔法師在就可以打倒熊了吧。

「竟敢對我們做這種事，小心吃不完兜著走！」

他們是笨蛋還是白痴啊，好像還沒有理解自己現在是處於什麼樣的狀況呢。

都被關到籠子裡了，他們還以為自己可以有什麼作為嗎？

總而言之，我用水魔法在盜賊們身上澆水，讓他們安靜下來。

「下次再開口，我就噴火進去。」

「吵死了，我們可是札門盜賊團……」

「火焰。」

我將火團丟進牢籠中。

「好燙、好燙！妳幹什麼！」

籠子裡的魔法師放出水來滅火。

「我不是說過再開口就噴火進去嗎？你是笨蛋嗎？還是白痴啊？」

「混蛋……」

他雖然想要說些什麼，卻沒有開口。

我用土魔法將牢籠連著地面往上抬高五十公分左右。

籠子裡的盜賊們因為地面升高，有些人失去平衡而跌倒。

我對吵吵鬧鬧的他們視而不見。

接下來只要在升高的部分裝上車輪就完成一個移動式牢籠了。

因為我沒有考量乘坐的舒適性，所以當然沒有裝上彈簧等可以緩和震動的零件。

所以，走在凹凸不平的路上應該會晃得相當厲害，但籠子不需要那種東西。

另外，這個移動式牢籠需要有可以牽動它的動力來源。

雖然我也想過用馬當作動力，但因為魔法的關係，馬全都逃跑了。

因此，我考慮了別的動力來源。雖然我馬上就想到點子了，太顯眼卻是一個問題。

可是，既然只有這個方法也無可奈何。

「出來吧，熊！」

我發動土魔法，創造出熊熊土偶。

這是大約有三公尺高的熊造型土偶。

構想和狩獵虎狼與黑蝰蛇時創造出來的火熊與水熊一樣。

動力來源是我的魔力，我可以自由操縱它。

「熊！」

「那是什麼啊！」

無處可逃的盜賊們在籠子裡騷動著。

「妳想要對我們做什麼？」

「放我們出去！」

吵死了。不管是哪個世界，會當盜賊的人真的大多都是笨蛋。

雖然偶爾也會有頭腦聰明的首領，但這次遇到的好像是頭腦不好的一群人。

我不發一語地朝籠子裡發射火球，讓他們閉嘴。就像剛才一樣，有一個魔法師拚命地撲滅籠子裡的火。

「下次再有人開口，我就往他嘴巴裡放魔法。」

我拿出火球威脅他們，他們就安靜下來瞪著我。

他們真的有搞清楚狀況嗎？

算了，因為已經安靜下來，我操縱剛才叫出來的熊熊土偶拉動牢籠，回到馬車那裡。

要是太晚回去，瑪麗娜等人可能會擔心。

我拉著籠子回去的時候，所有人都已經醒過來了。

55 熊熊抵達王都

我用熊熊土偶拉著牢籠回去的時候，所有人都已經醒過來了。

「大家都醒了嗎？」

菲娜等人騎在熊緩牠們身上等待著。其他人是不是打算只讓菲娜等人逃走呢？

「妳這是什麼問題啊。都知道有盜賊來了，我們怎麼可能睡得著。」

「是啊。在不知道會不會有盜賊襲擊的時候，實在是很難睡著呢。」

葛蘭先生也醒來了。

老人家怎麼可以不睡覺呢？

「優奈小姐，我覺得妳這樣偷偷離開真的不太好。」

「優奈姊姊，這次真的……」

我都把盜賊抓起來了，為什麼要被罵？

太奇怪了。

從剛才開始，大家的目光就交互看著我和我的後面。

他們好像不知道該看哪裡才好。

「呃，要從哪裡開始問起呢？」

瑪麗娜代表所有人的意思，向我問道。

「妳可以先告訴我們盜賊怎麼了嗎？」

大家的視線都集中在我身上，開始訊問。

為什麼？

「就像你們看到的，我只是把盜賊抓起來關到籠子裡而已。」

就這樣，說明結束了。

「要怎麼樣才能一個人抓住這麼多人啊。」

「用魔法一下子就抓住了。」

「那個籠子呢？」

「用魔法一下子就做好了。」

「最後的那隻熊呢？」

「因為需要用它來拖籠子，所以是我一下子做出來的。」

周圍出現了嘆息、傻眼、不知道該說什麼的氣氛等各種反應。

「我每問一個問題就會多出想要吐槽的地方呢。」

瑪麗娜露出無奈的表情看著我。

「所以，這些盜賊要怎麼辦？」

「不知道，你們覺得怎麼辦比較好？要帶到王都嗎？還是在這裡殺了他們？」

聽到我說殺了他們，盜賊們就有了反應。

「這些盜賊該不會是札門盜賊團吧？」

在瑪麗娜身後看著盜賊的魔法師艾兒開口說道。

「札門盜賊團？」

我記得他們自己好像也說過類似的話。

「就是在這附近作惡的盜賊團。」

「不會吧，優奈一個人抓住了那個札門盜賊團嗎？」

「他們有那麼厲害嗎？」

「我聽說他們會搶錢，找到女人就強暴，是很可惡的盜賊團。」

他們這次的目的搞不好也是瑪麗娜等幾名女性。可是，一想到菲娜她們也有可能被當成目標對象……

「那就殺了吧？」

我忍不住對強暴女性的詞彙作出反應。

「雖然很麻煩，交給王都的警備隊，讓他們吐出據點在哪裡比較好。說不定有女性被監禁在據點。本來馬上去營救應該比較好，但我們也不知道據點的人數和地點，要問出來可能也很花時間。也不知道那是不是正確的情報。而且我們正在護衛中，還有抓起來的盜賊在。所以，我覺得現在前往王都，把他們交給警備隊比較好。」

瑪麗娜的意見很有道理，沒有人反對。

對瑪麗娜等人來說，如果有女性可能被抓住，應該也會想要去救她們，但這應該是考量了自身狀況和實力才作的決定吧。

我自己也不打算丟下菲娜她們前往據點。

雖然麻煩，我們還是決定要把盜賊團帶到王都。

「那麼，既然今後的事情也決定好了，現在還這麼晚，我們就快睡吧。」

現在還是深夜，這個時間的我們本來都應該在睡夢中。

「要在這種狀況下睡覺嗎？」

「看到這麼多盜賊，我實在是沒有睡意。」

「我也是。」

「優奈小姐，我也睡不著。」

「優奈姊姊……」

「我也實在是睡不著呢。」

沒有任何人贊同我的提議。

就算現在不睡，明天同樣要在這些盜賊附近睡覺啊。

而且就算說睡不著，到天亮還有一段時間。除了睡覺還能怎麼辦？

「那麼，乾脆現在出發吧。雖然馬很可憐，還是請牠們加油吧。如果馬在途中累了，到時候再休息就好。」

聽到這番話，大家都開始準備出發。

因為剛才已經準備好逃難，所以似乎可以馬上出發。

結果，我們決定在深夜出發前往王都。

不過，我會在熊急身上睡覺就是了。

出發之後太陽升起，我們為了讓馬休息而停下來吃早餐。

結果，盜賊們便開始吵鬧。

「也給我們食物啊！」

「就是啊，就是啊。」

「幾天不吃東西又不會死。」

「開什麼玩笑！」

我對吵鬧的盜賊潑水，讓他們安靜下來。

順帶一提，我把盜賊持有的道具袋、武器等東西全部扣押起來了。

所以，就算道具袋裡面有食物，他們也吃不到。

他們就只能喝魔法師放出來的水而已。

隨著時間經過，盜賊開始漸漸變得衰弱。

考慮到他們過去所做的惡行，這根本沒什麼大不了的。

抓到盜賊幾天後的白天，我們開始看見包圍王都的城牆。

有馬車從四面八方的道路匯集到王都。

「繼續走下去會引人注目，就停在這裡吧。」

馬車依照葛蘭先生的指示停了下來。

「優奈，不好意思，妳先在這裡等吧。我們去叫警備隊過來。」

葛蘭先生等人乘坐的馬車把我們留在原地，繼續前進。

我從葛蘭先生和瑪麗娜等人那裡得到超乎常識這個稱號，他們還建議我如果不想在王都引發騷動，就最好不要帶著熊熊土偶前往王都。

我和葛蘭先生等人商量，為了不要引起騷動，我們決定叫警備隊過來這裡。

我要先作好迎接警備隊的準備。我先消除了熊熊土偶，然後再消除牢籠。剩下的只有被綁起來的盜賊而已。

因為盜賊們沒吃什麼東西，所以變得相當虛弱。也因為被綁住，並沒有人企圖逃跑。

我最後召回熊緩和熊急。

接下來只要慢慢等葛蘭先生等人把警備隊帶來就可以了。

「話說回來，這面牆壁還真大呢。」

就算是從遠方眺望，也可以看出它有多大。

菲娜也對第一次見到的龐大城牆感到驚訝。

「是，真的很大。」

菲娜緊緊盯著這道牆。

「沒想到我可以來到這麼遠的地方。爸爸在我還小的時候就去世，媽媽生了病，我們每天連吃的問題都要煩惱，我還以為自己永遠去不了王都了。我連想都沒有想過。這都是多虧有優奈姊姊。」

「以後還會有很多快樂的事，我們就在王都開心地玩吧。」

「好的！」

我和菲娜正在聊著以後的事時，葛蘭先生乘坐的馬車就回來了。馬車後面可以看到騎在馬上的數十名警備隊員。

「優奈，讓妳久等了。」

「瑪麗娜閣下，這裡的人就是札門盜賊團的……」

警備隊看著被綁住的盜賊。

瑪麗娜從馬車的馬夫座上跳下來回答：

「對，沒錯。」

「不過，真虧妳們可以抓住這麼多人呢。」
「是啊，不過，這都是因為她的表現。」
「她就是剛才說明中提到的，打扮成熊的女孩子吧。」
對方雖然用懷疑的眼神看著我，但可能是瑪麗娜和葛蘭先生有說明過，所以沒有深入詢問。
盜賊們被一一帶上警備隊的馬車。
因為所有人都很疲憊，所以沒有人反抗。
葛蘭先生在距離稍遠的地方和看似警備隊長的人說著話。
「藍傑爾，我們已經可以走了嗎？因為長途旅行的疲勞，我們想要休息。」
是啊，我也想要快點進到王都裡面。
「是，沒有問題，非常感謝您的協助。我會再找時間向您報告，請您快去休息吧。」
因為我想要盡量避開麻煩事，所以我把這次的事情全部交給葛蘭先生處理了。
「如果還有什麼不清楚的事，就來找我吧。」
葛蘭先生把針對我的問題全部都攬下來了。
他說因為我是他們的救命恩人，所以這點小事不成問題。
真是個好人，這個世界的貴族有很多好人嗎？
「那麼，我會安排您優先進入王都。」
「那真是太好了。」

警備隊長對葛蘭先生低下頭，然後回去下達工作的指示。

「優奈，我盡量隱瞞可以隱瞞的部分了，如果有什麼事的話可以聯絡妳吧？」

「嗯，謝謝你。」

「不需要道謝，因為妳是我們的救命恩人嘛。」

我們把接下來的事情交給警備隊員，前往王都。

因為我已經召回熊緩牠們，所以打算用走的過去，葛蘭先生卻請我們坐上馬車。

我是很高興，但是坐得下嗎？

馬車的馬夫座有瑪麗娜等三名冒險者坐著，馬車裡有我和我左右兩邊的菲娜與諾雅，前面的座位則坐著葛蘭先生和米莎、魔法師艾兒。

要不是左右兩邊是身材嬌小的菲娜和諾雅，穿著布偶裝的我可能就坐不下了。

她們兩人就算很擠也沒有一句怨言，很開心地待在我身旁。

馬車承載著九個人，發出噠喀噠喀的聲音往王都的入口開始行進。

馬車前面有騎著馬的警備隊員帶路。因此，我們可以從旁超越正在排隊的人們。

我忍不住覺得有些抱歉。

一來到入口，警備隊員便讓馬停下來，指示我們用公會卡或市民卡接觸水晶板以確認身分。

要接觸水晶板，我就不得不暫時走下馬車。我一走下馬車，周圍的人就開始騷動。

「熊？」

「熊熊？」

「那身打扮是怎樣。」

「優奈的服裝很醒目呢。」

不用說得那麼感觸良多我也知道。

我用公會卡接觸水晶板，證明我沒有犯罪經歷，然後回到馬車裡。

可能是覺得這種情況很逗趣，菲娜等人笑了出來。

「優奈小姐，沒關係啦，妳的裝扮很可愛。」

被十歲的女孩子誇可愛，我也不知道該作何反應。

所有人都完成了水晶板的確認，回到馬車上。大家都坐上馬車之後，馬車便重新往王都內前進。

承蒙葛蘭先生的好意，我們就這麼搭著馬車前往諾雅的母親居住的家。

「諾雅的家在哪裡？」

「在上流地區，離這裡有一點距離喔。」

「要不是有馬車，對我這種老人家來說距離很遠呢。」

馬車發出噠喀噠喀的聲音緩緩前進。

從馬車的小窗看出去的王都非常熱鬧。

菲娜也張開小小的嘴巴望著外面。可以看見這種表情，讓我很慶幸有帶她一起來。

「因為國王的誕辰慶典，所以有很多人從各種地方聚集到王都來。」

那麼，剛才在王都入口的人或許也是前來祝賀國王生日的吧。

「雖然平常的王都也有很多人，但接下來還會繼續增加喔。」

正在駕駛馬車的瑪麗娜告訴我。

菲娜一臉高興，我也覺得很期待。

如果要說有什麼問題，那就是熊熊布偶裝了，但這實在是無可奈何。

馬車漸漸往行人稀少的地方前進。建築的外觀也出現變化，官邸風格的氣派房屋變得愈來愈多。

「優奈小姐，已經看得見了，那就是母親大人所在的房子。」

大小相當於位在克里莫尼亞城的領主宅邸。

話說回來，諾雅的媽媽到底是什麼人呢？聽說她好像和家人分開，在城堡工作。

我問過諾雅，但她好像只知道媽媽在城堡工作的事。

馬車停在宅邸前方。

「那麼諾雅兒，如果有空的話，妳還在王都的時候就多找米莎一起玩吧。」

「您不和母親大人見面嗎？」

「她這個時間應該不在吧，我會再找時間拜訪她，順便報告事情的。」

「諾雅姊姊大人、菲娜、優奈姊姊大人，請再來找我玩。」

「嗯，我們會去的。」

「可以的話，我也想要和熊緩與熊急一起玩。」

「嗯，妳就陪牠們一起玩吧。」

「好的！」

我們向瑪麗娜等人道謝，從馬車上走下來。

「我們也受了妳的幫助，雖然我一開始覺得妳是個穿著奇怪衣服的女孩子。」

瑪麗娜雖然笑著，卻沒有瞧不起我的樣子。

「要是妳遇到什麼麻煩就告訴我們吧。只要是我們做得到的事，我們會盡量幫忙的。」

瑪麗娜握起韁繩，然後驅動馬兒。馬車開始緩緩移動，逐漸遠去。

56 熊熊被諾雅的姊姊纏上

我們目送著駛離的馬車。

「好了，優奈小姐、菲娜，我們進去裡面吧。」

諾雅正要走進宅邸的時候……

噠噠噠噠噠噠噠噠噠噠噠噠。

某處傳來奔跑的腳步聲。

噠噠噠噠噠噠噠噠噠噠。

這陣腳步聲逐漸從後方逼近。

我們轉頭望向聲音傳來的方向，發現有一名金髮女性正在往這裡跑過來。

「諾、雅！」

「母親大人！」

奔跑過來的人物抱住了諾雅。

「諾雅，我好想妳喔。」

女性用臉頰摩擦著諾雅。

她的漂亮金髮和諾雅一模一樣。

年紀大約是二十五歲左右，以諾雅的母親來說很年輕。

比較她用臉頰摩擦諾雅的模樣，可以發現她們的臉非常相像。

就算說她們是年齡差距較大的姊妹也不奇怪。

諾雅到底是她幾歲的時候生下的？

「克里夫不在嗎？」

諾雅的母親環顧四周。

「父親大人還在城裡工作，他交代我一個人先來王都。」

「是嗎？不過，真虧克里夫敢把妳一個人送過來。」

「那是因為有優奈小姐當我的護衛。」

諾雅望向我。

「優奈？妳該不會是說這位穿著有趣服裝的女孩吧？」

我還是第一次聽到別人說這是有趣的服裝，雖然我經常聽到別人說這是奇怪的服裝。

不過，兩者都差不了多少就是了。

「這位打扮成熊熊的人是冒險者優奈小姐，就是她護衛我到王都的。還有，這位是菲娜，她是我的熊友。」

什麼？熊友是什麼東西？

更重要的是，妳們是什麼時候變成那種朋友的？

總而言之，我把這件事先放一邊，向諾雅的母親打招呼。

「我是冒險者優奈，請多多指教。」

「我是菲娜，我這次是跟著優奈姊姊一起來的。」

菲娜模仿我作自我介紹。

「哎呀哎呀，真是兩個可愛的孩子，我是諾雅的母親艾蕾羅拉。這邊不方便說話，我們進去慢慢聊吧。」

「可是，母親大人，妳怎麼會知道我已經來到王都了呢？」

「那是因為我有事先跟門衛說，如果妳和克里夫來了就要馬上通知我。然後因為有人跟我聯絡，我就把工作推給國王陛下，趕來這裡了。」

她說馬上通知，那就表示在我們抵達宅邸之前，消息就已經傳到城堡裡了。

那樣不是非常趕嗎？

而且，她竟然說自己把工作推給國王陛下，做出這種事沒關係嗎？

或許她真的很想見到分別已久的女兒吧。

我們跟著艾蕾羅拉小姐進入宅邸。

宅邸裡非常寬敞。

女僕們出來迎接我們。雖然也有人看到我的打扮之後變了表情，卻沒有人笑出來，也許是因

為我姑且算是諾雅的客人吧。

我們被帶到一個較為寬敞的房間。

「隨便找位子坐吧，妳們應該很累了吧。」

房間裡有兩張看起來很高級的五人座沙發隔著桌子擺放。

菲娜從剛才開始就沒有離開過我身邊，她似乎正在模仿我的舉動。

我坐到沙發的正中央，菲娜就在我右邊輕輕坐下，諾雅則坐在左邊。

所有人都坐進沙發以後，女僕就將飲料端過來了。

我也口渴了，於是心懷感激地喝下飲料。菲娜也模仿我拿起杯子。

嗯，真是冰涼又好喝。

我潤過喉以後，重新望向艾蕾羅拉小姐。

「這些是我替克里夫大人保管的物品。」

我從熊熊箱裡取出裝著哥布林王的劍的箱子和信件。

「哎呀，原來妳手上戴著的熊熊是道具袋呀。」

她這麼說完之後把信打開，確認裡面的內容。

她點了幾次頭，有時也會看向我。艾蕾羅拉小姐看完信之後，輕輕把信折了起來。

「這就是哥布林王的劍吧。他真的準備了很稀有的東西呢，而且，這竟然是妳讓給他的。」

「不，這點小意思沒什麼。」

「不要再用那種語調了好嗎？妳好像說得很不自在。」

老實說我也覺得很麻煩，說起來很累。因為對方畢竟是貴族，我才會用比較恭敬的字句說話，但好像被艾蕾羅拉小姐看穿了。

「可以嗎？」

「沒關係，因為信上也是這麼寫的。」

我很好奇克里夫那個人是怎麼在信中描述我的。

「最好不要在意妳的用字遣詞，最好不要詢問關於服裝的事，還有，妳強得不可貌相，妳容易因為服裝而引起麻煩事，所以請從旁協助妳……克里夫還寫了很多其他的事喔。」

嗯，聽起來就是一個超級麻煩的女人。

而且因為沒有說錯，所以我連訂正都沒有辦法，我也很好奇其他的事是指什麼。

「可是，他寫說妳是個善良的冒險者，諾雅也很喜歡妳。看來克里夫非常信任妳呢。」

「是嗎？」

既然他會把護衛諾雅的工作交給我，我也覺得他是信任我的，不過被當面說出來還是會讓我很難為情。

可是，真虧他願意相信穿著布偶裝的女孩子。

「願意把女兒的護衛工作交給妳一個人就是證據。雖然我一開始覺得他怎麼可以讓這種女孩子一個人擔任護衛，但是妳竟然可以一人狩獵一百隻哥布林、哥布林王、半獸人、虎狼、黑蝰

蛇，我都要覺得信上寫的事情是騙人的了。」

「是的，優奈小姐是很厲害的人。我們來王都的時候，她也打倒了半獸人，還一個人抓住盜賊喔。」

聽到諾雅口中說出新發生的事，艾蕾羅拉小姐很驚訝。

「那是真的嗎？」

「是的，當時葛蘭老爺也在，他可以作證。」

諾雅很開心地說出我們來到王都的路上發生了什麼事。

她應該很高興能見到好久不見的母親吧。

「已經到這個時間了呀，希雅也差不多快回來了。」

「希雅？」

這時候出現了新的名字。

「是的，她是我的姊姊大人。她現在在王都的學校讀書。」

「諾雅有姊姊啊？」

「是的。她比我大五歲，年紀差得有點多。」

也就是說，她今年十五歲？

到底是媽媽幾歲時生下的孩子啊，我重新望向艾蕾羅拉小姐。

如果她和外表一樣是二十五歲，就表示她十歲就生小孩了。

如果當作二十八歲的話就是十三歲的時候生產……勉強有可能。

當然了，這在日本是完全出局的。可是，這裡是異世界，說不定並非不可能發生的事。

「優奈，妳是不是在想什麼奇怪的事？」

我被讀心了。

是因為這個人擅長看透人心，還是因為我的心事容易寫在臉上呢？

「因為艾蕾羅拉小姐看起來很年輕，所以我在想妳到底是幾歲生小孩的。」

「哎呀，妳說年輕，那妳覺得我看起來像幾歲？」

艾蕾羅拉小姐很開心地紅了臉。

不管是哪個世界，女性被別人說看起來年輕都會覺得高興呢。不過我被猜到更小的年紀時就會生氣。

「我一開始覺得妳差不多二十五歲，不過既然有個十五歲的女兒，我就不知道是幾歲了。」

「哎呀哎呀，妳這番話真讓我高興。我本來是不會回答年齡的，但對優奈妳特別通融好了，我今年三十五歲喔。」

看起來這麼年輕，竟然已經三十五歲了，怎麼可能。

不過，原來她是在二十歲的時候生小孩的。

「因為母親大人是有名的美女嘛。」

「哎呀，這麼說的話，我女兒諾雅也會變成美女喔。」

「那我會很高興。」

諾雅一臉開心。

這個時候，房門外面開始吵雜起來。

「母親大人，我回來了！諾雅真的來了嗎？」

房門敞開，這次又有一個和諾雅一模一樣的稍年長雙馬尾女孩衝進房間。

她大概是諾雅的姊姊希雅吧，她穿著學生服，原來這個世界也有制服啊。

「希雅，家裡有客人喔。」

「失禮了。呃，熊！」

她很驚訝地看著我。

「對呀，妳對熊太失禮了。」

艾蕾羅拉小姐，妳也很失禮。

「母親大人，請不要開玩笑了。」

「呵呵，我沒有開玩笑喔。這位穿著熊熊服裝的人是護衛諾雅到王都的冒險者優奈，她旁邊的孩子是她的朋友菲娜。」

艾蕾羅拉小姐簡單說明了關於我們的事。

「該不會只有三個女孩子單獨來到王都吧。這才是真的玩笑話吧，這麼小的女孩們竟然可以從克里莫尼亞來到王都。」

她說的小女孩也包含我在內嗎？

我的個子的確是比妳小沒錯啦。

「這位客人，妳可以站起來一下嗎？」

我聽她的話，乖乖站了起來。

「這麼可愛的女孩子竟然是冒險者，這是在開玩笑吧。」

什麼可愛的女孩子，我和妳一樣是十五歲耶。

我的身高的確比希雅矮，胸部也比較小。

不過，我以後還會繼續成長，所以什麼問題也沒有。

「姊姊大人，優奈小姐很強喔。雖然優奈小姐本人也很厲害，但最重要的是熊熊很厲害。」

「熊熊？」

希雅歪著頭。

突然聽到熊熊很強這種話，她應該也不懂是什麼意思吧。

「對了，那麼來比賽一下怎麼樣？這樣的話希雅應該也可以接受吧。」

「等一下。」

希望她們不要擅自決定，為什麼我非得戰鬥不可？

「優奈，就拜託妳當我女兒的對手了。啊，讓她受傷也沒關係。可是因為她是女孩子，不要讓她受太嚴重的傷喔。」

「好，我接受這個挑戰。」

希雅同意了艾蕾羅拉小姐的提議。

根本沒有人提出挑戰，拜託妳不要接受。

麻煩的是，沒有任何人傾聽我的意見。事情不斷地發展下去，結果我只好參加比賽，和大家一起移動到中庭。

「那孩子可能是因為在學校裡的實力名列前茅，所以變得很驕傲，請妳挫挫她的銳氣吧。」

嗯～就算她這麼說，我也不知道可以做到什麼程度。

即使母親說可以讓她受傷，但她畢竟是貴族之女，應該不能真的打傷她吧。

而且做出那種事大概也會讓諾雅傷心。

「母親大人！我才沒有驕傲呢。」

「哎呀，是嗎？妳不是有說什麼學校裡沒有比自己更強的女生了嗎？」

「我是說過。就算是那樣，我也沒有驕傲！」

「呵呵，開玩笑的啦。」

她好像覺得捉弄希雅很好玩。可是，真希望她們不要把我也拖下水。

「呃，妳叫做優奈小姐對吧。」

她看著我，她的眼神有點揚起眉尾。

「是啊。」

「請問妳比較擅長劍還是魔法呢？請挑選一個喜歡的。」

在這種情況下，如果用劍獲勝的話，接下來應該就會要用魔法戰鬥了吧。

「那我選劍。」

女僕小姐拿了一把木劍給我。

「那麼，隨時都可以開始。」

說完，希雅舉起了劍。女孩子用漂亮的架式舉劍的樣子很帥氣呢，金色長髮非常適合她這副模樣。

「真的可以隨時開始嗎？」

「可以。」

「那我就不客氣地上了。」

我用熊熊踏步一瞬間衝進希雅的懷中往上揮劍，將希雅手中的劍彈飛。

希雅的劍在空中飛舞，我的劍則靜止在希雅的面前。

「這樣可以嗎？」

我放下劍，離開希雅身邊。

要是這樣就可以結束就好了。

「等、等一下。」

「怎麼了？」

「請再來一次。」

她用認真的眼神拜託我。她並不是不願意認輸，似乎是想要認真地重來一次。

希雅沒有等我回答便撿起木劍，擺好架式。

「拜託妳了。」

「我會陪到妳滿意為止的。」

這類型的人大多不會只交手一次就罷休，我在遊戲裡也會遇到向我挑戰好幾次的人。

我架好木劍，等待希雅的行動，結果這次換希雅主動發動攻擊了。

我輕鬆躲開攻擊，把希雅的木劍打落。希雅可能是覺得手麻，正按著自己的手。

可是，她馬上就撿起木劍，開始對我發動攻擊。

她揮劍的速度慢，力道也很弱。因為我沒有認識這個年紀的女孩子，所以不知道她到底是強是弱。

我擋掉朝我揮過來的劍，讓木劍停在她的脖子上。

希雅的劍術沒有什麼心機。

看起來就像是完全沒有在思考對手會怎麼防禦、怎麼攻擊。

玩遊戲的時候要預測對手的攻擊模式，然後進行防禦和攻擊。

創造對手的空隙，接著攻擊該處。

我將希雅的木劍彈開，用木劍指向她毫無防備的身體。

即使如此，希雅還是不斷地向我挑戰。

「再打幾次都一樣的。」

「不好意思，請問我可以使用魔法嗎？」

我接受了她的要求。

「非常謝謝妳。」

希雅用左手持劍，用右手聚集魔力。

希雅的手上有火焰集結起來。

「火球術。」

火球朝我飛了過來。

這種單發火球，很簡單就可以避開了。

我輕鬆地閃避，在我前方有高舉起劍的希雅等待著。可是，她的動作仍然很慢，我使用木劍防禦。

希雅往後跳躍來取開距離，然後再度對我放出火球。

不知道學校到底都教了些什麼。這已經不是強弱的問題了，她的戰鬥方式根本就不像樣。既然可以使用魔法和劍，如果不結合兩者來戰鬥就沒有意義了。

這個樣子，才剛入門幾個月的初學者玩家還比較熟悉戰鬥的方法。

可能是經驗的差距吧，我在遊戲的世界經歷過相當數量的對人戰鬥。

也可以說是被他人下挑戰書。

可是，在遊戲裡，即使輸了也不會死亡。就算是那樣，我也經歷了好幾次緊張刺激、千鈞一髮的戰鬥。

可是，我無法在這個世界體驗那種事。

因為輸了就會死。

我往右踏步躲開火球，縮短和希雅之間的距離。

然後，我用減輕力道的熊熊鐵拳打中她的腹部。

「唔……」

希雅彎下腰，跪到地面上。

是不是打得太用力了？

「到此為止。」

艾蕾羅拉小姐中止了比賽。

「我、我還可以……」

「妳應該知道優奈有對妳放水吧。」

「那、那個……」

「結束了。」

「……是。」

希雅老實地回應，站起來看著我。

「妳叫做優奈小姐對吧。妳真的很強，別看我這個樣子，我在學校裡還算是比較強的呢，沒有想到我會輸給年紀比我小的女孩子。」

「我十五歲。」

「……咦？」

「我說我十五歲。我和妳同年。」

「不會吧，我還以為妳比我小呢。」

雖然我的確比平均身高還要嬌小，但應該沒有那麼矮……大概。

「那麼，我們來慶祝諾雅抵達王都，同時舉辦優奈和菲娜的歡迎會吧。」

結束比賽的我們接受了女主人的餐點招待。

我們吃的是歡迎料理，這些飯菜都非常美味。

只不過，我覺得還有什麼不足。和日本比起來，這些料理的調味料好像比較少。

雖然有砂糖、鹽巴、香料類的調味料，但身為日本人，我很懷念醬油和味噌。

我看向一旁，發現菲娜的樣子有點不對勁。

她雖然用小小的嘴巴吃著飯，卻很沉默，就算偶爾向她搭話，她也大多回應得有氣無力。是飯菜不合她的胃口嗎？

「母親大人，學校的同學和老師們是不是有對我手下留情呢？」

「嗯～這就很難說了。優奈算是標準之外，以冒險者階級來說的話，大概有C吧。」

「階級C……」

就算說我是階級C，我也沒有什麼概念。畢竟我不認識階級C的人。我連那大概有多強都不知道。

我記得曾經向我找碴的戴波拉尼是D。

「母親大人，再怎麼說那也有點……」

「她狩獵過一百隻哥布林群、哥布林王、半獸人、一對虎狼、黑蝰蛇。而且當然是一個人。」

不管要我主張幾次都可以。

我就說了，個人資料保護法到底在哪裡！

真希望她不要說出別人的戰績。

「所以妳不用太沮喪，我只是希望妳知道和妳同年的孩子裡面也有比妳更強的人而已。」

「是，她真的很強。優奈小姐，剛才真的很不好意思。」

她很坦率地道歉了。

應該是個好孩子吧。

「可是，優奈小姐也會使用魔法吧？」

「算是會啦。」

「不用魔法就那麼強了嗎？」

「而且，優奈小姐還有熊熊喔，熊熊更厲害喔。」

諾雅很驕傲地加入話題。

「妳剛才也有提到，那個熊到底是指什麼呀？」

「是優奈小姐的召喚獸，非常可愛喔。」

「召喚獸……那個，下次也可以讓我看看那個熊的召喚獸嗎？」

「可以啊。」

我和希雅作了約定。

吃完飯以後，我們被帶到今天要睡的房間。

因為菲娜的要求，我和菲娜住同一間房。

57 熊熊前往商業公會

我們走進房間，只剩下兩個人單獨相處的時候，菲娜便嘆了好大一口氣，然後坐到床上。

「優奈姊姊，我覺得今天好累。」

「妳還好吧？」

「我沒事。可是，我這種人住在貴族大人的家裡沒關係嗎？」

「我還在想妳怎麼這麼安靜，原來是在想這種事啊。」

「要是我不小心說出什麼奇怪的話，或是做出失禮的事，會給家人們添麻煩的。」

平民眼中的貴族果然是那個樣子。

「那麼，既然護衛都結束了，我們就去找旅館住吧，這樣妳也比較可以放鬆吧。」

「可是，錢……」

「邀請妳來王都的人是我，所以，妳不用擔心錢的問題。」

「可是……」

「不用可是不可是啦，總之明天就去找旅館吧。所以，妳不用那麼緊張沒關係。」

「好的，優奈姊姊，謝謝妳。」

我們各自鑽進被窩，為了消除今天的疲勞而就寢。

早上一醒來，我就看到閒閒沒事的菲娜用鴨子坐的姿勢坐在床上。

「早安。」

「優奈姊姊早安。」

「妳早就醒了嗎？」

「是的，我在平常的時間醒來，但是沒有事情可以做。」

菲娜自從母親提露米娜小姐生病以來就會早起做家事。家事做完以後，她還會到冒險者公會工作。所以，早起應該已經變成她的習慣了吧。

「那換好衣服之後，我們就去飯廳吧。」

「現在不會太早了嗎？」

「要是太早，去外面吃就好了。而且，我們也可以順便去找旅館。」

「真的要去找旅館嗎？我可以忍耐沒關係。」

「這不是為了妳，我也覺得住在這棟房子裡很不自在嘛。」

我從白熊服裝換成黑熊服裝，帶著菲娜前往飯廳。

飯廳裡一個人也沒有。

也許就像菲娜說的一樣，現在還不到早餐時間。

總而言之，我們為了獲得外出的許可而開始找人。

我們從飯廳走到走廊上，就遇到昨天見過的女僕小姐了。

「這不是優奈大人和菲娜大人嗎？兩位起得真早。」

「早安。我們想要吃早餐，可以嗎？如果不行的話，我們打算去外面吃。」

「不，沒有問題，請兩位在飯廳稍待片刻。」

我們在飯廳等待的時候，艾蕾羅拉小姐就走進飯廳了。

「哎呀，妳們真早。」

「早安。」

「早安，妳們已經要吃早餐了嗎？」

「是的。」

「對了，妳們今天要做什麼？」

既然被問到今天的行程，我也就照實回答了：

「我們打算去找旅館。」

「找旅館？為什麼？妳們可以住在這裡直到誕辰慶典結束呀。」

「像我這樣的平民住在這麼寬敞的宅邸，實在是靜不下來。」

我代為說明菲娜的感受。

「可是，我覺得應該找不到喔。因為誕辰慶典的關係，王都的人變多了，妳們可能會訂不到

旅館的空房。」

誕辰慶典啊。

這麼一想，說不定真的可能找不到旅館。

那麼，雖然比預定時間還要早了一點，我就去找找看可以設置熊熊屋的地點吧。

只要有熊熊屋就可以設置熊熊傳送門，也不用擔心住宿的問題了。

「總之我們會先試著找找看。」

「要住在我們家多久都沒有問題喔。」

吃完早餐之後，我和菲娜一起外出。

我們吃早餐的時候，諾雅也沒有醒來。希雅則是已經穿上制服到學校去了。

諾雅應該已經很久沒有睡得這麼晚了，因為旅行的時候都是天一亮就出發。

我們在王都裡散步，同時找了幾間旅館。

我待在克里莫尼亞城的時候已經忘了，其實我的熊熊裝扮很引人注目。

擦身而過的人們都會往我這裡投射視線。

然後我一定會聽到「是熊耶」、「熊？」、「好可愛」、「那是怎樣」、「是熊熊」等等的聲音。

「菲娜，對不起，我有點引人注目。」

「沒關係，我習慣了。」

就算她帶著笑容說我習慣了，我也不覺得高興。

我們在意著這些視線，探索著王都。

就像艾蕾羅拉小姐說的一樣，每一間旅館都客滿了。

我為了實行下一個方案而前往商業公會。

因為我不知道地點，所以在最後找到的旅館問了商業公會的位置。

王都和克里莫尼亞城的商業公會比起來，規模和建築物的大小都不同。

首先，出入的人潮很多，他們是從許多城市或村莊來到王都的嗎？

說不定其中也有不同國籍的人。

我忽略集中到我身上的視線，走進商業公會。

首先要找到櫃台才行。

真是大排長龍。不過，櫃台的數量也很多。

呃，要怎麼做才好呢？我環視著附近。

看來好像是要在那裡領號碼牌，被叫到號碼就可以去櫃台了。

我排進正在發放號碼牌的隊伍，領取號碼牌。

當然了，我在排隊的時候也是目光的焦點。

以日本來說，這樣應該就像是穿著睡衣排隊吧，顯眼得不得了。

我拿到的號碼牌是195號，現在叫到的號碼是178號。

雖然距離我被叫到應該還有一段時間，但是既然有十個櫃台，應該可以不用等太久吧？

我暫時等了一陣子，自己的號碼就被叫到了。

「歡迎光臨，請問今天需要什麼服務？」

櫃台小姐的笑容在看到我的外表之後一瞬間差點垮掉，但馬上就恢復原狀。

不愧是王都的櫃台小姐。她沒有以貌取人。

雖然我不知道她心裡是怎麼想的。

「我想要在王都裡找一塊地，買得到嗎？」

「不好意思，請問您有帶市民卡或公會卡嗎？」

我將公會卡交給她。

「請稍等一下。」

她將公會卡放在水晶板上。

「您是優奈小姐對吧？」

「對。」

「順便請問一下，您打算怎麼使用購得的土地呢？」

「我打算在上面蓋房子。」

「也就是說，您要在王都這裡定居嗎？」

「我還沒有決定。因為我已經把克里莫尼亞城當作主要據點了，所以我打算把這裡當作次要據點使用。」

「我明白了。那麼，我來針對土地進行說明。首先，城堡附近的上流地區是貴族街，所以這裡的土地沒有辦法出售，其次的中流地區也沒有辦法出售給現在的優奈小姐。因此，現在能夠出售的土地只有下流地區。」

「要怎麼樣才可以買到中流地區？」

「只要有人提供介紹信就可以了。」

簡單說就是身分的證明吧？意思是不是不能把中流地區賣給突然從其他城市前來王都的人呢？

可是，介紹信啊……我想起了曾經在克里莫尼亞的商業公會關照過我的米蕾奴小姐給我的介紹信。

「這個可以當作介紹信嗎？」

「請讓我確認一下。」

櫃台小姐把我從米蕾奴小姐那裡拿到的信打開來確認。

「這是……好的，我已經確認過了。」

「怎麼樣？」

「不好意思，我不能夠擅自決定，請您稍等一下。」

櫃台小姐離開座位，走到了後面。

「優奈姊姊，妳要蓋房子嗎？」

「因為考量到以後的事，這樣比較方便。」

只要蓋好房子，就可以設置熊熊傳送門。

考慮到移動的問題，這裡是一定要設置的地點。

「哎呀，這不是優奈小姑娘和菲娜小姑娘嗎？」

我們轉過頭，看到葛蘭先生和艾蕾羅拉小姐。

「葛蘭先生？艾蕾羅拉小姐也在？兩位怎麼會來到這裡？」

「我才想問妳們呢。而且，為什麼優奈會在商業公會？妳們不是去找旅館了嗎？」

我說出旅館就像艾蕾羅拉小姐說的一樣沒有空房的事情。

「所以我想要買地來蓋房子，可是人家說沒有介紹信就不行。我已經先把在克里莫尼亞城拿到的商業公會介紹信交出去了，現在應該是在審查吧。」

「竟然因為訂不到旅館就要蓋房子……」

「真是令人驚訝到說不出話來。」

兩個人都很傻眼。

「可是，錢的問題怎麼辦？」

雖然我不知道金額大概是多少，但我還有在原來的世界賺到的錢。

「我覺得應該沒問題，如果不行的話，我會放棄的。」
旅館都客滿了，如果錢不夠，我們再到艾蕾羅拉小姐家叨擾就好。
「那要不要我來幫妳寫介紹信？」
「我也可以幫妳寫喔。」
「那就幫了我大忙，真的可以嗎？」
「因為妳救了我一命啊。」
「因為克里夫和我女兒都有受到妳的照顧嘛。」
真是令人感激。既然有兩個貴族擔任保證人，得到購入許可的可能性也會提高。
「對了，兩位為什麼會出現在這裡？」
「我是因為工作。」
「我也差不多。」

當我們正在和葛蘭先生他們慢慢聊天的時候，櫃台小姐就回來了。
「讓您久等了。關於土地的問題，中流地區的下流地區附近可以出售給您。」
好像可以順利購買到中流地區了，既然這樣，應該就不需要他們兩人的介紹信了吧。
「大概在哪裡？」
櫃台小姐攤開王都的地圖告訴我。

這裡是進入王都的城門，這裡是城堡。因為距離諾雅的宅邸有點遠，要往來會有點麻煩呢。

「怎麼，這不是在邊緣嗎？」

「真的耶。」

無關的兩個人在我的後面看著地圖。

「這位小姐，借我一張紙，我來幫她寫介紹信。」

「是呀，也借我一張紙吧。」

他們兩人好像無法接受對方介紹的地點，對櫃台小姐說出這種話。

「那個，請問兩位是？」

「我是葛蘭·法蓮格侖。」

「我是艾蕾羅拉·佛許羅賽。」

「是法蓮格侖伯爵和佛許羅賽伯爵夫人嗎！」

聽到兩人的名字，櫃台小姐發出驚訝的聲音，臉色也出現變化。

貴族的名號果然很有影響力。

「那麼，如果她需要介紹信的話，就由我們來寫。所以，準備更好的土地給她吧。」

「好、好的，我們馬上準備好。」

櫃台小姐趕緊從座位上起身，跑到後方的房間裡。

結果，馬上就有一名年長的女性走了出來。

「什麼嘛。聽到法蓮格侖伯爵，我還以為是那個年輕小夥子，原來是這個老頭子啊。」

「老太婆說什麼鬼話。」

「佛許羅賽家的小姑娘也在啊。」

「我這個年紀實在不能算是小姑娘了吧。」

「你們兩個都要替這個穿著奇怪衣服的女孩作保嗎？」

又聽到別人說奇怪的衣服了。

「是呀。所以，拜託你們準備比較好的地點。」

「米蕾奴也是，真不知道你們為什麼要這麼幫著這個小丫頭。」

「因為我被這位小姑娘救了一命啊。」

「我的女兒和丈夫也受過她的照顧。」

「哼，是嗎？算了，無所謂。既然你們要當保證人，我們也可以準備相當等級的土地。對了，小丫頭，妳應該有錢吧。」

也對，就算對方準備了地點，要是我沒有錢就沒有意義了。

「我不知道大概要多少錢，不過反正我還有狩獵黑蝰蛇的錢。」

「哼，玩笑開到這種程度可厲害了。」

我又沒有在開玩笑。

「總之，妳有什麼要求嗎？」

「我希望是治安好、人不多的地方。如果可以的話，最好是接近冒險者公會，距離艾蕾羅拉小姐家也很近的地方。」

我試著把所有的要求說出來。

「真是個任性的小丫頭。算了，無所謂，那樣的話就是這裡了吧。」

老婆婆指出地圖上的一點。

這裡是冒險者公會，而這裡是諾雅的家吧。

「在上流地區附近啊。如果是這裡，大概只有居民會經過，所以行人不多。而且因為有警備隊巡邏，治安也好。」

「距離我家也很近呢。」

「走這條大道很快就可以到達冒險者公會。小姑娘，這裡應該不錯吧。」

他們指著地圖向我說明。

「對呀，接下來就要看金額決定了。不過，如果不夠的話，我也可以幫忙出錢喔。」

「這樣啊，既然她是你們的熟人，大概是這個金額吧。」

我看了她提出的金額，這個價錢我完全負擔得起。

我還以為王都的地價會很高，卻出乎意料地便宜。是因為艾蕾羅拉小姐和葛蘭先生的關係嗎？

「是不是有點貴？上面沒有建築物吧。」

「別說傻話了。在王都地段這麼好的土地，這個金額還算便宜的呢。」

「話說回來，小姑娘真的付得出來嗎？」

「付得出來，可是我希望便宜一點。」

「小ㄚ頭，妳真的付得起嗎？這種位數和小孩子的零用錢買得起的價錢可不同啊，這個金額就連貴族也沒辦法輕鬆拿出來。」

「不用一次付清也沒關係吧。」

艾蕾羅拉小姐出面幫我說話。

「如果這個小ㄚ頭是貴族千金或是大商人的女兒就無所謂，但如果不是，我們只接受一次付清。不過如果可以一次付清的話，我也可以考慮給她折扣。」

「那我要買下這塊土地，拜託妳了。」

這個瞬間，老婆婆笑了出來。

「妳是認真的嗎？算了，只要妳有錢，我們也沒有問題。」

「要我現在付嗎？」

金額相當龐大，這個桌子有可能放不下。

「好啊，無所謂。」

既然對方這麼說，我也只好拿出來了。

我從熊熊箱裡把錢陸續拿出來。

「等、等一下。」

我充耳不聞，繼續拿出金幣。

櫃台上漸漸堆積出一座金幣的小山。

「我叫妳等一下，不要在這種狹窄的櫃檯拿錢出來。」

一下叫我拿，一下又叫我不要拿，真是個任性的婆婆。

「會嚇到其他人的，快收起來。是我敗給妳了，我們不能在這種地方交易這麼大一筆錢，到個別的房間去吧。」

我把錢收起來，老婆婆帶我們到另一個房間裡。

「剛才說好了，我會給妳一點折扣，已經沒有辦法更便宜了喔。」

我拿出她重新告訴我的金幣數量。

「話說回來，妳到底是什麼人？是大商人的小孩之類的嗎？可是，那樣應該會進入我的情報網才對，還是妳其實是某個貴族的私生女？」

「我只是一個冒險者。」

「哼，不打算告訴我是嗎？算了，只要調查一下就知道了。」

應該沒辦法吧。不管怎麼調查，都不可能知道我的出身。

「不過，這次只要有保證人和錢，商業公會就不會有問題。拿去，這是契約書，這樣一來，這塊地就屬於妳的了。」

「謝謝。」

「不需要道謝。妳要蓋房子的話，可以找我商量。」

「那就不必了，我自己有辦法。」

「是嗎？那麼，這樣就結束了。」

老婆婆一臉嫌麻煩地把我們從房間裡趕出去。

不過，既然得到土地就沒事了，所以我們離開了房間。

我順利買到土地了。接下來只要蓋好房子，再設置好熊熊傳送門，我就可以隨時過來王都了。

菲娜也可以不用再感到緊張，真是一石二鳥。

58 熊熊在王都蓋熊熊屋

葛蘭先生打算用馬車送我們到購得的土地，艾蕾羅拉小姐也要一起跟過來。

這對還不熟悉王都的我來說是幫了大忙。

「我是很高興，但是你們兩位的工作沒問題嗎？」

「嗯，事情已經辦完了，妳不用擔心。」

「是呀，我也沒問題。因為我只是在工作結束的時候遇到葛蘭爺爺，和他一起聊天而已。」

因為似乎沒有問題，我們四個人一起走到外頭。

然後，我們移動到葛蘭先生停著馬車的地點，發現馬車旁邊站著幾名警備隊員。

「嗯？有什麼事？」

「葛蘭大人您好。原來您和優奈閣下在一起，而且連艾蕾羅拉大人也在！」

其中一名警備隊員對艾蕾羅拉小姐的存在很驚訝。

「哎呀，藍傑爾？你怎麼會在這個地方？」

「我們為了向葛蘭大人報告關於昨天那些盜賊的事，正要到府上拜訪。後來在路上看見葛蘭大人的馬車，於是就在這裡恭候了。」

啊，我想起來了。

那個紅色頭髮的人就是在交出盜賊的時候和葛蘭先生說話的警備隊員。

我記得他好像是現場位階最高的人。

「盜賊的事？喔，是優奈抓到的那些盜賊吧。」

「所以，你們要報告些什麼？」

「我們希望請葛蘭大人和一旁的優奈閣下一起來警備室一趟，請問方便嗎？」

「我是沒有問題……」

葛蘭先生看著我。反正我也不急著處理房子的事，就算晚了一天，菲娜的胃應該也沒問題。

「我也沒問題，菲娜也可以嗎？」

「是的。」

「艾蕾羅拉，抱歉，我們要去警備室一趟了。」

「不用放在心上。我也跟你們一起去，優奈是克里夫的客人，她待在王都的期間，我負責當她的監護人。」

我不知道她何時變成我的監護人了，但是有權貴同行也很有幫助。

馬車有年長的馬夫駕駛，瑪麗娜等人好像不在。

坐著馬車的我們一來到警備室就被帶進房間裡。

「那麼，找我們有什麼事？」

「首先，我們已經查明札門盜賊團的據點和人數了。地點似乎在從這裡往西邊走的山中洞窟，殘存的人數大約有三十人，好像還有幾名女性被關在那裡。」

「那可得馬上出發去救出她們了。」

「是的。可是我們遇到了一點問題。」

「問題？」

「是的，現在的王都因為要舉辦誕辰慶典，所以人潮眾多。因此，王都的士兵和騎士都被分派了警備工作，並沒有多餘的兵力。」

「那麼，向冒險者公會提出委託就可以了吧。」

「這麼做需要的不是葛蘭大人，而是優奈閣下的許可。」

所有人都望向我。

「我的許可？」

「啊，是盜賊團的寶物所有權啊。」

葛蘭先生像是想起什麼似的說道。

麻煩說明得讓我也聽得懂。

「是的，沒錯。優奈閣下已經抓到了二十五名札門盜賊團成員，不過，優奈閣下並沒有壓制住據點。基本上，因為就算打倒盜賊團也不像魔物一樣可以割取素材，所以打倒他們對冒險者來說並沒有好處。相對地，當事人擁有直接獲得盜賊團所持有的武器、防具、道具的權利。其中也包含盜賊們蒐集起來的寶物。」

「也就是說，如果向冒險者提出委託，盜賊團的寶物就會歸接受委託的冒險者所有嗎？」

「是的。這次多虧有優奈閣下一個人抓住盜賊團，我們才可以獲得情報，所以我們不能擅自向冒險者公會提出委託。就算要提出，也得先有優奈閣下的許可並決定好優奈閣下的報酬。」

「很麻煩呢。」

「這也沒辦法吧。畢竟這就像是自己得到的情報被別人搶走一樣，如果小姑娘要去除掉盜賊的話就沒有任何問題了。」

「好麻煩。」

「優奈姊姊……」

菲娜用無奈的表情看著我，不要用那種眼神看我啦。

麻煩事就是麻煩事。

我難得來王都觀光，為什麼非去收拾盜賊不可啊。

「那麼，要不要由我來召集兵力？」

「艾蕾羅拉大人？」

默默地聽著談話內容的艾蕾羅拉小姐出來幫我解圍了。

「真的可以嗎？」

「可以呀。畢竟這可以讓士兵累積實戰經驗，應該也有些人已經做膩了只負責警備。」

「可是，那樣的話王都的警備……」

「沒問題，沒問題，那種事情，只要我調整一下文件就可以解決了。」

她說得好像很簡單，但是真的這樣就沒問題了嗎？

「我明白了。那麼艾蕾羅拉大人，拜託您了。」

「優奈應該也可以接受吧。」

「雖然我不太清楚，但是拜託妳了。」

「只要是士兵去討伐，優奈也會有拿到寶物的權利。雖然我們也會拿走一點，但是總比全部都被冒險者拿走好吧。」

可以分到一點寶物說不定還不錯。

「那麼，我很擔心被監禁起來的人，我馬上叫士兵去準備。」

艾蕾羅拉小姐看著我。

「所以，我要去工作了，妳今天要乖乖回來喔。」

「好的。」

約定好以後，艾蕾羅拉小姐走出房間。

「另外，請優奈閣下接收這些物品。」

我的眼前排放著骯髒的劍和鎧甲，還有其他各式各樣的東西。

「這是優奈閣下抓到的盜賊所持有的物品。就像我剛才所言，這些是屬於優奈閣下的。」

呃，每樣東西都很髒。

我才不要這種髒兮兮的東西。

「可以請你們幫我處分掉嗎？」

我試著這麼要求。

「我明白了，那麼我們會自行處分。」

我重新確認盜賊的東西時，發現了吸引我目光的東西。

是盜賊使用的道具袋，我聽說不同的袋子裝得下的份量也不同。

我有點想要這個。

「我可以拿走這些道具袋嗎？」

「是的，您儘管帶走。我們確認過內容物，但每個袋子都是空的。看來他們似乎是打算拿來裝贓物。」

「這裡面容量最大的是哪一個？」

「應該是這一個，因為是札門盜賊團的頭頭所持有的，所以容量較大。」

原來他們還有頭頭啊，該不會就是最吵的那一個人？

我收下了道具袋，尺寸大約和手提袋差不多。

其他的道具袋也都大同小異，最小的尺寸還可以放進褲子的口袋裡。

「盜賊的道具袋可以全部給我嗎？」

對方將道具袋全部都交給了我。

我心懷感激地收進熊熊箱。

我的事情就這麼處理完畢了，於是我向陪我過來的葛蘭先生道謝：

「葛蘭先生，真的很謝謝你。」

「不會，沒關係。要不是小姑娘有抓住他們，我們大概已經死了。」

我要做的事只有這些，但葛蘭先生好像還有一點事情要談。

雖然也是可以等他，我們還是決定先離開。

離開警備室的我們前往了在商業公會買下的土地。

我有拿了地圖，所以知道地點在哪裡，可是王都非常寬闊。

甚至有像公車一樣的馬車在王都內行進著。

可是現在的我並不知道要坐哪一輛馬車才可以抵達目的地。

而且也沒有必要趕路，所以我決定慢慢在王都散步，朝我買下的土地前進。

「菲娜，妳還好嗎？會不會累？」

「是，我還好。可是，這裡好多人喔。」

「是啊。不知道該說真不愧是王都還是因為誕辰慶典的關係，人很多呢。」
「優奈姊姊，為了不要走散，我可以牽著妳的手嗎？」
「牽手……」
我看著熊熊玩偶手套。
「這樣可以嗎？」
我用玩偶的嘴巴銜住菲娜的手。
「可以，謝謝優奈姊姊。」
菲娜一臉高興的樣子。

我們來到了我買下的土地。
「應該是這裡沒錯吧。」
我確認著地圖和周圍。
「是的，我想應該是這裡。」
「是不是太大了？」
「真的很大。」
地圖上標示的地點是一片很大的土地。
這裡的空間是我在克里莫尼亞蓋了熊熊屋的土地的四倍以上。也就是說，大小足以容納四棟

熊熊屋，不過我的熊熊屋沒有四棟那麼多。

我看了隔壁的房屋，距離有點遠。

為了確認，我用地圖看了左右鄰居的名字。

「是這裡沒錯。」

我再度確認。

「是的。優奈姊姊，妳買了這麼大的土地嗎？」

「好像是。」

我沒有想到會是這麼大的土地。

總而言之，我拿出為了在王都使用而做好的熊熊屋。

雖然比旅行用的熊熊屋還要大，但放在這麼寬廣的土地上就讓人覺得有點小。

土地的空間和房子的大小很不搭調，感覺好奇怪。

不過更重要的是，從外觀是熊的地方開始就和四周格格不入了。

「好小喔。」

「是呀。」

尺寸明明算大，和附近的房屋比起來卻讓人覺得偏小。

是不是下次做個更大一點的熊熊屋比較好？

老是在意這個問題也沒有意義，我決定進入熊熊屋。

「裡面和在克里莫尼亞的房子一樣呢。」

「對啊，因為如果不一樣就沒辦法放鬆了。」

雖然我因為熊熊鞋子所以不會累，但到處走動的菲娜應該已經累了，所以我讓她休息，順便拿冰果汁給她喝。

「優奈姊姊接下來要做什麼？」

「妳會累嗎？」

「我有點累了。」

「那就稍微休息一下再回諾雅家吧。」

「好的，可是希望諾雅兒大人沒有生氣。」

「畢竟我們沒有說一聲就出來了嘛。可是，這是沒有起床的諾雅不對。」

我們決定在熊熊屋休息一下，再回到艾蕾羅拉小姐的家。

「優奈小姐！妳為什麼要丟下我出門！」

我們一回到宅邸就遇到生氣的諾雅。

「什麼為什麼，因為我們吃完早餐之後等了一陣子，妳也沒有醒來嘛。」

「唔……」

「所以妳什麼時候起床的？」

「……快要中午的時候。」

她低著頭回答。

「那妳還要說是我的錯嗎？」

「妳們也可以來叫醒我呀。」

她這次像是鬧彆扭似的說道。

「如果是在旅途中的話我就會叫醒妳。但既然妳睡了這麼久，就表示妳的身體累了。」

如果累積了疲勞，就會需要睡眠。

「嗚～～我知道了。所以優奈小姐妳們去了哪裡？」

「我們去商業公會買地。」

「買地？優奈小姐，妳要搬到王都住嗎！」

她發出驚訝的聲音。

「我沒有要搬到王都啦。只是因為我以後有時候會來王都，所以才要蓋房子。」

「我覺得普通人應該不會因為有時候會來就蓋房子。」

也是啦，這麼做是為了要設置熊熊傳送門。

「那麼，優奈小姐要出去住了嗎？」

「因為我住在貴族的房間裡會有點放鬆不下來嘛。」

我沒有說這是菲娜的想法。

「我覺得好寂寞。」

「我們還會來玩，妳也可以隨時來我家玩啊。距離這麼近，我們隨時都可以見面嘛。」

「那麼，房子已經蓋好了嗎？」

一般來說，這是個奇怪的問題，不過知道我可以從熊熊箱裡拿出熊熊屋的諾雅向我問道。

「我蓋了一棟和克里莫尼亞的家差不多大的房子。」

「……菲娜也要出去住了吧。」

「是的，因為我是跟著優奈姊姊一起來的。」

「優奈小姐和菲娜、熊緩、熊急都不在，我會很寂寞的。」

諾雅看起來明顯很失望。

我們並不是這輩子都不會再見面了。而且我們同樣住在克里莫尼亞城，隨時都可以再見。

「我們還沒有要離開，妳不要這麼失望嘛。我們還得跟艾蕾羅拉小姐打聲招呼才行。」

所以，我決定再在這裡打擾一天。

快到晚餐時間的時候，艾蕾羅拉小姐回來了。

「母親大人，歡迎回來。」

「我回來了。」

「大家都在做什麼？」

「我正在聽她們兩個人說她們丟下我出門的時候發生了什麼事。不只是去商業公會，沒想到她們還因為盜賊的那件事被叫出去。我也好想一起去喔。」

「只是去聽人家說話而已喔。」

「我不喜歡被排擠。」

我說了今天發生的事，她就開始鬧脾氣了。

「艾蕾羅拉小姐，今天真的很謝謝妳。」

我在商業公會和盜賊的事情上受到了她的照顧。

「不用放在心上。我只是寫了一封介紹信而已，盜賊那件事也是我們一直困擾的問題嘛。」

即使如此，我還是很感激。她不只是把地段好的土地介紹給我，也幫我處理了盜賊的事。

「所以，那個地點怎麼樣？」

「很安靜又沒什麼行人，是個好地方。」

除了比想像中還要廣大以外。

「那就太好了。」

「盜賊的事情怎麼樣了呢？」

「我已經馬上派兵出去了，應該在幾天內就可以解決掉。」

太好了，她好像已經確實派出征討部隊了。

我吃完飯，今天晚上和諾雅三個人一起睡在同一個房間。

59 熊熊和女僕小姐一起做花壇

在搬出宅邸之前，我答應了諾雅的請求。

「那麼，我想要和熊緩牠們一起玩。」

為了實現這個願望，我們走向宅邸內的庭園。

這裡是我前幾天和希雅比賽過的地方。因為有圍牆，所以不用擔心被外面的人看見。

而且，因為我在比賽之後答應過要讓希雅看召喚獸，所以她也在。

今天學校休假，她穿著便服，是很可愛的服裝。

「真的不會有危險吧？」

「沒問題的，熊緩和熊急非常可愛喔。」

妹妹為擔心的姊姊說明著。

我一來到庭園，就將左右兩邊的熊熊玩偶手套往前舉，召喚出熊緩和熊急。

「熊緩、熊急。」

諾雅飛撲出去，希雅很驚訝，菲娜則緩緩靠近牠們。

「姊姊大人，熊熊非常聰明，不會傷害人喔。沒有問題的，請摸摸牠們。」

希雅慢慢接近熊緩，然後觸摸牠。

知道熊緩很乖巧之後，她試著溫柔地撫摸牠。

「好柔軟。」

「是的，牠們摸起來很舒服。」

「而且毛很漂亮，我從來沒有摸過這種東西。」

「是呀，非常舒服喔，我從克里莫尼亞過來這裡的時候還在熊緩身上睡午覺喔。」

諾雅騎到熊緩的背上。

「姊姊大人也坐上來吧。很舒服喔。」

希雅雖然看起來很不安，還是握住諾雅伸出來的手，騎到熊緩的背上。

「牠真的很乖呢。」

菲娜坐到熊急身上。

希雅覺得安全之後，也開始和熊緩牠們嬉戲。

看來沒問題。

諾雅等人正在庭院和熊緩牠們玩的時候，拿著鏟子的女僕小姐就走過來了。

她的名字叫做史莉莉娜。

是在我跟希雅的比賽與吃飯的時候照顧過我的女僕小姐。

「諾雅大人！希雅大人！」

史莉莉娜小姐慌慌張張地像拿劍一樣舉起手上的鏟子。

「為什麼會有熊！」

「那些熊是我的召喚獸，不會有危險的。」

我阻止了差一點撲上去攻擊的史莉莉娜小姐。

「優奈大人的召喚獸？」

「嗯，所以，妳可以把鏟子放下來嗎？」

「史莉莉娜，沒事的。」

諾雅注意到身為女僕的史莉莉娜小姐，她抱住熊緩牠們，證明牠們是安全的。

史莉莉娜小姐有點苦惱地看著諾雅等人的樣子，然後把鏟子放了下來。

「話說回來，原來是優奈大人的召喚獸呀。不只是服裝，優奈大人還有很多令人驚訝的地方呢。」

史莉莉娜小姐露出微笑。

「對了，各位都在做些什麼呢？」

「我們在跟熊熊玩。」

「因為我跟她們兩個人約好了嘛，抱歉嚇到妳了。」

「不會，雖然我有點驚訝，但是只要知道沒有危險就好了。」

史莉莉娜小姐看著和熊緩牠們一起玩的諾雅等人，放心下來。

「優奈小姐，我們可以去繞房子一圈嗎？」

「可以啊，但是不可以做出太引人注目的事情喔。」

「好的。那麼菲娜，我們來比賽吧！」

諾雅指著騎在熊急上面的菲娜。

「我就說了，不可以做出引人注目的事。熊緩、熊急，不可以用跑的喔。」

「優奈小姐……」

因為我的「禁止奔跑命令」，諾雅露出悲傷的表情。

「不行就是不行。」

「我知道了。」

諾雅不情願地點點頭，讓熊緩慢慢開始走路。

「對了，史莉莉娜小姐拿著鏟子要做什麼？」

她應該不是為了和熊緩牠們戰鬥才過來的吧。

「因為我向夫人取得了製作花壇的許可，所以是來製作花壇的。」

「妳該不會是要一個人做吧？」

「是的，因為製作花壇是我自己要求的，我打算花時間慢慢做。」

雖然這麼說，這依然是一項累人的工作。

我不知道她想要做多大的花壇，但我知道一個人做是很辛苦的。

「我也來幫忙好了。」

「可以嗎？」

「嗯，我今天沒有打算要出門，因為是這種狀況嘛。」

我看著走路繞房子一圈的熊緩和騎在上面的諾雅等人的背影。就算只看背影，也可以知道她們玩得很開心。

我和史莉莉娜小姐帶著溫馨的心情眺望她們。

「真是可愛的熊熊呢。」

熊緩和熊急的小小尾巴正在左右搖動。

我和史莉莉娜小姐一起開始製作花壇。

「花壇的尺寸大概要多大？」

「我想想，我預計從這裡做到那裡。」

比想像中更大。她本來想要一個人做好這麼大的花壇嗎？我想她應該沒有要在一天內做完，但這項工作相當辛苦。

「那就拜託妳下指示吧，我用魔法來做。」

「原來優奈大人會使用土魔法呀。」

「史莉莉娜小姐呢？」

「我會用一點點，但是我沒有辦法像冒險者一樣戰鬥。」

史莉莉娜小姐把手朝向地面，地面就微微隆起了。

我和女僕史莉莉娜小姐開始製作花壇。

我們用磚塊做好花壇的外框，加強排水功能，準備花壇用的土壤，我們就這樣製作著花壇。魔法真的很方便，可以做到在原本的世界做不到的事情是很有趣的事。我來到這個世界雖然失去了很多，但得到的東西也很多。

花壇很順利地逐步接近完成。

雖然過程中也有受到諾雅等人的妨礙，但她們也在途中開始幫忙我們了。

「優奈大人，那邊可以拜託您嗎？」

不知道是因為史莉莉娜小姐的個性，還是因為我會精準地完成史莉莉娜小姐的指示，她所下的指示出乎意料地詳細。

不過，雖然我也有一些太得意忘形了，但我做出了一個完成度相當高的花壇。

「優奈大人，真的很感謝您，沒想到可以在一天之內完成。」

「對了，有可以種的種子嗎？」

「是，我準備了夫人喜歡的花的種子。」

「希望可以開出漂亮的花。」

「是，我會努力照顧的。」

我往庭院放眼望去，看到兩隻熊和三個女孩子睡得很香甜。

她們一下子玩，一下子幫忙做花壇，應該也累了吧。

臉上都還沾著泥巴呢，我拿出手帕，幫她們三個人擦臉。

「呵呵，看這個樣子，不洗澡可不行呢。」

史莉莉娜小姐看著髒兮兮的三個人，她自己也因為園藝工作而變髒了。

我因為有熊熊裝備所以沒有髒掉，但她們三個人可就一定要洗澡了。

我正要叫醒睡著的三個人，艾蕾羅拉小姐就來到庭院了。

「大家都在庭院做什麼？」

「夫人，歡迎回來。」

「哎呀，她們三個人睡得真甜呢。」

她笑著望向被熊緩和熊急抱著睡覺的三個人。

「那些熊就是優奈的召喚獸嗎？」

「黑色的是熊緩，白色的是熊急。」

「好可愛的名字。」

「可以摸牠們嗎？」

「只要不傷害牠們就沒問題。」

艾蕾羅拉小姐靠近熊緩，觸摸牠。

「摸起來又暖又舒服呢，這樣子，難怪她們會想要睡覺。」

她看著三個女孩微笑。

「對了，妳們兩個人剛才在做什麼？」

「我們剛才正在製作花壇。」

史莉莉娜小姐把做好的花壇展示出來。

「喔，是前幾天提到的花壇吧。這是一天之內做好的嗎？真漂亮。」

「是的，優奈大人的魔法非常優秀，做得和我的想像中一模一樣。」

「是嗎？優奈，謝謝妳喔，還真是什麼事都給妳添麻煩了。」

她看著完成的漂亮花壇和被兩隻熊圍繞著睡覺的女孩們。

「這可不能不答謝妳呢。」

「不用啦，我也做得很開心啊。」

「那為了感謝妳，今天的晚餐就吃得豐盛一點吧。史莉莉娜，記得跟主廚說一聲喔。」

艾蕾羅拉小姐拜託史莉莉娜小姐以後，望向正在睡覺的三個女孩。

「那麼，也差不多該叫醒她們三個了。」

我搖晃抱著熊緩牠們睡覺的三個女孩。

「母親大人？」

諾雅用睡眼惺忪的表情看著母親。

「早安，妳們三個好像睡得不錯呢。」

我把三個人都叫醒，然後召回熊緩牠們，結果三個人都露出了悲傷的表情。

為什麼連菲娜都這樣？

我們在吃飯之前洗了澡，把身體弄乾淨之後再享用晚餐。

60 熊熊獲得馬鈴薯

我在熊熊屋醒了過來。

昨天在艾蕾羅拉小姐家吃過晚餐以後，我們就回到熊熊屋了。

「優奈姊姊，可以嗎？」

「可以啊。」

菲娜在昨天的晚餐時和諾雅約好要一起出去。

因為她們也有提到要約米莎，所以似乎是要三個人一起在王都觀光。

「來，這是零用錢。妳們三個人應該會去很多地方吧？我多給了一點，妳可以自由運用，當然不用還給我也沒關係。」

我給了菲娜一些錢。

「可是……」

她不願意收下。

「是我邀請妳來王都的，妳不用在意沒關係。妳應該也不想要因為沒有錢而給她們兩個添麻煩吧。」

「……嗯，我知道了。可是，我會好好工作還錢的。」

她終於收下了錢。

「妳不用操心那種事啦。妳在肢解的工作上很努力，所以這是獎金。」

「獎金？」

可能是沒有理解我所說的話，她歪著頭。

「因為妳平常很努力，所以這就像是特別多發的薪水。所以，妳可以盡情使用。」

「優奈姊姊，謝謝妳。」

菲娜把錢放進口袋裡的道具袋，然後走出大門。

好了，既然菲娜也出門了，我也決定出門參觀王都。

我走在王都裡，依舊聚集了眾人的視線。

「熊？」「熊熊？」「媽媽，那是什麼？」「好可愛」「有什麼活動嗎？」等的聲音傳到我的耳裡。

往我身上投射的視線頂多就是源自於好奇。雖然丟臉，但是考慮到可能發生的意外，我也只能忍耐了。

真希望帶我來異世界的神可以把能力至少附加在出門走動的時候看起來也不會奇怪的衣服上。

像是我在遊戲裡使用過的帥氣裝備等，明明就還有很多選擇。
為什麼是熊熊裝備呢？這種衣服要是由男人來穿就完全出局了。
我一邊抱怨著神，一邊在王都內走動。

我隨意地走著走著，就來到了一個類似廣場的地方。
這裡可能有旅行商人來擺攤吧。
有點大的廣場地上攤開了布，上面排列著各式各樣的商品。
這裡說不定有什麼稀奇的東西。
我逛著這些店的時候，店裡的人雖然都會感到驚訝，卻沒有帶著惡意的視線。
「這是……」
我的腳步停了下來。
「嗯？穿著可愛衣服的小姑娘，歡迎光臨。」
年過三十的男人用有氣無力的語調這麼說。
他的店裡放著蔬菜，其中有一種像是賣剩的東西。
「這個該不會是馬鈴薯吧？」
沒錯，這裡賣著我在克里莫尼亞沒有見過的馬鈴薯。
不知道是剛好沒貨還是只是因為沒有人賣，總之，我是沒有見過。

「是啊。小姑娘，妳要買嗎？」

終於找到馬鈴薯了。

所以，我說：

「請全部給我。」

「什麼？熊姑娘，就算馬鈴薯是不受歡迎的食物，妳的錢也沒辦法買下全部喔。」

男人稍微動怒了。

「要多少錢？」

「我想想，差不多這些。如果妳付得起，我就全部賣給妳。」

他冷淡地提出金額，應該是覺得我付不起吧。

可是，我的回答是：

「我買了！」

「我就說了……」

我把稍微超過指定金額的錢遞給男人。

「真的嗎？」

看到我拿出的錢，男人驚訝地望著我。

「我是很高興妳願意買，但是真的好嗎？」

「我要買。」

可以用蒸的，做成馬鈴薯沙拉也不錯，還可以做成洋芋片或薯條等點心，馬鈴薯有很多種不同的吃法。總而言之，我想要吃撒了鹽的洋芋片。

「想吃的話，妳要小心一點。如果運氣不好，有可能會嘔吐或是肚子痛喔。」

「喔，是毒啊。」

馬鈴薯的芽有毒。

「雖然馬鈴薯很好吃，但是因為這樣，很少有人會買。」

「因為馬鈴薯的芽和變成綠色的地方有毒嘛，只要注意這一點就沒問題了。」

「……那是真的嗎？」

「什麼意思？」

「我是指妳剛才說的話。」

「是真的啊。」

在我原來的世界，這是常識。

「在馬鈴薯開始發芽的時期的確會聽說有人遇到腹痛等問題。可是，妳怎麼會知道這種事？」

「因為這在我出生長大的地方是大家都知道的事呀。」

「原來還有那種地方啊，因為這裡沒有人知道這種事，所以賣不太掉。」

所以克里莫尼亞才會沒有賣嗎？

「那叔叔，可以告訴我你的村子在哪裡嗎？我下次去買。」

「我是很高興，但是很遠喔。」

我拿出紙，請他畫地圖。

這裡是王都，這邊該不會是克里莫尼亞吧？

「好像離克里莫尼亞城很近呢。」

「熊姑娘，妳知道克里莫尼亞嗎？」

「嗯，因為我住在克里莫尼亞啊。」

「是嗎？如果妳真的要買的話，我可以把東西運到克里莫尼亞城喔。」

「可以嗎？」

那真是幫了大忙，我想要讓孤兒院的孩子們吃吃看。

「嗯，因為在王都也賣得不太好啊。如果妳願意買的話，運到克里莫尼亞城比較近，也算是幫了我的忙。」

「嗯，我買。那你下次去克里莫尼亞城的時候，可以把東西運到孤兒院嗎？我會先跟他們說一聲。」

「孤兒院？」

「因為那裡有我認識的人，還有，這是預付款。」

我把和剛才付的錢差不多的金額交給他。

「可以嗎？要是我沒有去城裡怎麼辦？」

「那樣的話，我會去村子裡要東西的。」

「開玩笑的，我一定會拿貨過去。我叫做薩摩爾。」

「我是優奈。」

「所以，這些馬鈴薯要怎麼辦？如果妳要搬到哪裡，我可以幫忙。」

「沒關係，我會收起來。」

我把堆積如山的馬鈴薯收到熊熊箱裡。

這樣就可以做出洋芋片了。

做成薯條也不錯，真令人期待。

「妳真是個厲害的熊姑娘。」

他一臉不可思議地看著我把馬鈴薯收起來的樣子。

擺在攤位上的馬鈴薯全部都裝進熊熊箱了。

「如果還有更多的話，我想再買。」

「這些就是全部的馬鈴薯了。我還有賣其他的蔬菜，怎麼樣？」

我看看他賣的其他蔬菜，卻都是到處都有在賣的種類，沒有必要特別買下來。

「對了，我什麼時候送去克里莫尼亞城比較好？」

「我在誕辰慶典結束之前都會待在王都，到時候回去應該也要花三個星期，所以你差不多一個月後再送去就好。」

「我知道了，我一定會送過去。」

我和叔叔道別之後逛著攤販。

我買了看起來很美味的串燒來吃，找到稀奇的食物就買來吃，找到想要的食材就購入。我遇到沒有見過的食材就試著買一份，好吃的話再大量收購。

雖然我沒有逛完所有的攤販，但果然還是找不到醬油、味噌和米。

我想要吃沾了醬油的壽司，章魚或烏賊也可以，我想要烤來吃。

不過，我今天買到了馬鈴薯，所以還可以接受。

回去做洋芋片和薯條好了。

雖然有點早，我還是決定回去。

我回到熊熊屋，菲娜還沒有回來。

那麼，我就一個人做東西來吃吧。

我走進廚房，把馬鈴薯拿出來切成薄片，再用油去炸。

馬鈴薯發出啪滋啪滋的清脆聲響，炸得很酥脆。

我把洋芋片放到盤子上，再撒上鹽巴。

令人懷念的鹽味洋芋片完成了。

雖然很可惜沒有其他的口味，我還是把一片洋芋片放進嘴裡。

「好好吃。」

啊啊，洋芋片的味道真令人懷念。

因為口渴了，我準備飲料來喝。

我咀嚼著洋芋片的時候，菲娜回來了。

「我回來了。」

「歡迎回來。」

菲娜看起來有點累。

「玩得開心嗎？」

卡滋卡滋。

「是的，我玩得很開心。」

那為什麼看起來那麼累？

是因為去了很多地方，所以累了嗎？

「優奈姊姊，這些還給妳。」

菲娜拿出裝了錢的道具袋。

「妳可能還會再用到，先留著吧。」

卡滋卡滋。

據她所說，錢好像全部都是諾雅出的，所以沒有用到。

下次還得向諾雅道謝才行呢。

「對了，優奈姊姊，妳從剛才開始就在吃什麼呀？」

卡滋卡滋。

「洋芋片。」

我的手從剛才開始就停不下來。

「洋芋片？」

菲娜一臉疑惑。

「要吃嗎？」

「好的，那我不客氣了。」

我把盤子遞到菲娜面前。

卡滋卡滋……

「好好吃。」

「幸好合妳的口味。」

菲娜又吃了一片。

「盡量吃沒關係，還有很多。」

「謝謝優奈姊姊，這是外面賣的東西嗎？」

她津津有味地吃著，同時問道。

「因為外面有賣馬鈴薯，這是我自己做的。」

菲娜聽到我說的話之後露出有點驚訝的表情，然後收手。

「菲娜，妳知道馬鈴薯嗎？」

「我不太清楚，但是以前聽說過吃馬鈴薯的時候要小心。」

原來如此，她曾經被警告過啊。

「只要小心不要吃到馬鈴薯的芽和變成綠色的地方就沒問題了。」

「是那樣的嗎？」

「因為吃到芽或變色的地方有可能會肚子痛，運氣不好的話可能還會遇到更慘的事，所以一定要小心喔。」

我向她說明，她就用尊敬的眼神看著我了。

「所以嘍，妳可以放心吃沒關係。」

卡滋卡滋。

啪哩啪哩。

啊啊，好好吃。

好想吃肉湯之類的口味喔。

不過我實在是沒辦法重現。

看到我吃的樣子，菲娜也開始伸手去拿洋芋片來吃。

「因為做起來很簡單，很適合當點心吃。」

我把洋芋片的做法告訴菲娜。

卡滋卡滋。

啪哩啪哩。

兩個人一起吃，放在盤子上的洋芋片就愈來愈少。

我在晚餐的時候做了薯條，也大受菲娜的好評。

61 熊熊來到王都的冒險者公會

我今天為了回報諾雅的護衛委託，要去冒險者公會一趟。

也是因為我想要看看在王都的冒險者公會。

所以，我今天也請菲娜和諾雅一起出門了。

我的服裝和菲娜的年齡有可能會引來冒險者的糾纏。

要是菲娜有個萬一，我會對不起堤露米娜小姐。

於是我一個人沐浴在好奇的視線中前往冒險者公會。

冒險者公會的地點就和我在商業公會聽到的一樣，沿著熊熊屋附近的大道前進就能抵達。

王都的冒險者公會蓋得比克里莫尼亞還要大。

公會愈大，冒險者的數量也就愈多。

這應該代表我被纏上的可能性也會愈高吧，沒有帶菲娜過來也許是正確的。

現在也有長相凶惡的冒險者逐漸走進公會裡。

我等一下也要進去裡面，感覺就像是一隻小貓走進關了猛獸的籠子裡。

請不要對我說「妳這隻熊不也是猛獸嗎？」之類的吐槽。

我把熊熊連衣帽拉低，避免和別人對上眼，然後走進冒險者公會。

我一進到室內，就被視線一口氣集中到自己身上的感覺襲擊。

熊熊裝扮、身材嬌小的女孩子，而且還是一個人，引人注目的因素很多。

眾人開始竊竊私語。

「好像有隻可愛的熊走進來了耶。」

「真的耶，是熊。」

「是熊呢。」

「好可愛的打扮。」

「有熊攻過來了，誰來去打倒她吧，啊哈哈哈哈。」

「我說你啊，要開玩笑也不是這樣的吧，你會嚇到人家女孩子的。」

「那我來去打倒她好了。」

「你靠近的話，熊會逃跑的。」

咯咚。

深處傳來椅子倒下的聲音。

「血腥惡熊……」

待在深處的男人低聲說道。

「最好不要對那隻熊出手。」

「你在發什麼抖啊？」
「最好不要和那傢伙扯上關係。」
男人說完了這句話便閉上嘴。
「那傢伙是怎樣？」
「別管他了，誰去出個聲吧。」
「那我去給她一個忠告吧。」
身高接近兩公尺的彪形大漢笑著靠近我。
「嗨，小熊妹妹。妳穿著這麼可愛的衣服來這裡做什麼？這裡可不是妳這種小妹妹該來的地方喔。」
「我是來回報達成委託的。」
「回報委託？妳是冒險者嗎？」
「是啊。」
周圍傳來笑聲。
「喂喂喂，這裡從什麼時候開始連這種小孩子都可以當冒險者了？」
老掉牙的對話出現了。
因為到處都有這種人，所以我無視了他們。
我正要從男人的旁邊經過時，男人就朝熊熊連衣帽伸出了手。

我的熊熊玩偶手套抓住了這隻手，將他摔到公會外頭。

冒險者們不知道發生了什麼事，目瞪口呆地看著我和被摔到外面的男人。

「發生什麼事了？」

「她剛才是不是用單手摔人？」

「你看錯了吧。」

周圍正在騷動的時候，被摔到公會外面的男人回來了。

「妳幹什麼！」

男人一邊揉著頭，一邊靠近我。然後，他伸出手想要抓我，於是我再度抓住他的手，把他摔到外面。

這是正當防衛吧。

我的舉動讓公會裡面一片寂靜。

「妳做了什麼？」

「因為他要攻擊我，我只是把他摔出去而已。」

三個男人把我包圍起來。

「妳很礙事耶。」

「對我們的同伴做出那種事，妳以為自己可以全身而退嗎，小熊妹妹？」

「突然攻擊我的人是你們吧。」

是他突然出手抓我的，我並沒有錯。

「開什麼玩笑！」

因為這些男人想要攻擊我，我就像對付剛才的男人一樣抓住他們的手，像是丟垃圾一樣把他們扔到公會外頭。

重複同樣的動作三次以後，公會裡這次真的安靜下來了。

我走到公會外面，發現被摔出去的男人們正要站起身來。

「妳這傢伙……」

太奇怪了。我只不過是來冒險者公會，為什麼會遇到這種事？

沒有帶菲娜過來真是太好了。

男人們站起來瞪著我，他們沒有拿出武器還算是好的了。

因為男人們向我逼近，我使用了魔法。

風魔法從地面往上空發動。間歇泉般的風將男人們吹了起來，男人們一瞬間飛舞到天空中。

沒想到這麼會飛。

從地面上看起來就只有米粒的大小。

這些米粒和聲音一起變得愈來愈大。

「呀啊啊啊啊啊！」

「誰來救命啊～～～～」

「要死啦～～～」

「…………」

我在他們即將墜地的時候做出風的氣囊。

男人們被風的氣囊接住，在下一個瞬間再度飛舞到空中。

我重複了幾次，在聽不到叫聲之後把他們放到地面上。

「不要再來攻擊我了喔。」

我向男人們搭話，他們卻沒有在聽。他們倒在地上，一動也不動，好像已經失去意識了。

這樣應該就不會有人再來攻擊我了吧。

我丟下男人們回到公會裡，冒險者們卻都在入口處看著我。

這些冒險者中的一名女性朝我走了過來。

「哎呀哎呀，我還在想怎麼這麼吵，原來是有隻可愛的熊熊呀。」

女性微笑著望向我和倒在地上的冒險者。

精靈？

她有著淡綠色的長髮，髮絲間可以看見一對長長的耳朵。

是個白皙的美人。

「妳用的魔法真厲害。」

「這是正當防衛。是他攻擊我，我才保護自己的，在那邊看著的冒險者能幫我作證。」

61 熊熊來到王都的冒險者公會

「是嗎？」

女性精靈回過頭，看著站在最前列的冒險者們。

雖然不明顯，冒險者們還是點了點頭，沒有人說是我的錯。

「可是，妳做得有點過火呢。」

我也這麼覺得。不過，這類型的人根本聽不懂人話，所以我也沒辦法。

「算了，他們應該學到教訓了。你們也不要去糾纏別人，免得製造麻煩。」

她向眼前的冒險者提出忠告。

這個人到底是什麼人？我本來以為她是冒險者，但是看周圍的冒險者們作出的反應和這名女性的發言，我又覺得她好像不是普通的冒險者。

女性像是觀察似的看著我。

「原來如此，妳就是傳聞中的熊吧。」

她知道我這個人嗎？

「呃，妳是？」

「我是在王都的冒險者公會擔任公會會長的莎妮亞。」

聽到這句話，我才了解其他人為什麼會有那種反應。

「妳的事情我已經聽葛蘭說過了。打扮成熊，一個人解決盜賊團的女孩子，我本來還以為只是葛蘭說得太誇張，原來是真的呀。」

莎妮亞小姐看著失了魂的冒險者們。

有幾名冒險者正在照顧他們。

雖然也有已經恢復意識的冒險者，對方卻沒有再向我挑釁的意思。

因為有身為公會會長的莎妮亞小姐在，就算想那麼做也不行吧。

無所謂，如果對方還想出手，我也只會讓他們再去空中散步一次而已。

不過，她說從葛蘭先生那裡聽說過我的事，到底是什麼意思呢？

「總之我們先進屋裡吧。」

我和莎妮亞小姐一起往建築物走去，站在入口處的冒險者們就為莎妮亞小姐讓出了一條路。

因為是公會會長，所以大家都很敬重她吧。

「所以我才說不要對那隻熊出手的。」

坐在深處的座位上的冒險者小聲低語。

「你早就知道那隻熊的事嗎？」

「是啊，我知道她的可怕和強大，所以我才叫他們住手的。」

這樣的聲音傳了過來。

他該不會是曾經待過克里莫尼亞城的冒險者吧。

而且看他那個害怕的樣子，說不定是被我揍過的其中一個冒險者。

「對了，妳今天有什麼事嗎？」

「我是來回報委託的。」

我要報告關於護衛諾雅的事情。

莎妮亞小姐帶我到其中一個櫃台，然後在我面前坐到櫃台後頭。

「那麼，可以請妳把公會卡和委託達成書交給我嗎？」

看來公會會長好像要親自接待我。

我將公會卡和艾蕾羅拉小姐簽名過的委託達成書交給她。

「是佛許羅賽家的護衛委託呢。來，這是委託費用，另外這些是護衛葛蘭的委託費用。」

「葛蘭先生的？」

「葛蘭前幾天有來過。他拜託過我，如果妳有來，就要幫妳處理達成委託的手續和支付委託費用。」

所以她剛才才會提到葛蘭先生的名字啊。葛蘭先生真的有把到這裡的護衛當作委託看待。

我在心中感謝他，收下這些錢。

「法蓮格侖家的護衛也和佛許羅賽家一樣，我會當作階級Ｄ的委託來處理。」

公會卡的階級Ｄ成功次數增加了兩次。

這些次數增加的話，似乎就可以在承接不認識的人委託的護衛工作時給予好的印象。

因為這些資料會登記在卡片裡，所以沒有水晶板就無法觀看。

「還有，我這裡有從克里莫尼亞城的公會會長得到的一封信。」

這是他為了防止我遇上麻煩才交給我的信。

結果在交出信之前就出事了，根本沒有意義，不過我今後也還有可能會被別人纏上。

「是拉洛克的信呀。」

原來公會會長的名字叫做拉洛克，我現在才知道。

就算知道了，我想我以後應該也不會這麼叫。

叫他會長就行了，而且現在才用名字稱呼也很奇怪。

莎妮亞小姐開始讀信。

「有很多事情都太遲了呢。」

我也這麼覺得。

「不過，我了解了。我們也不想要每次都遇到麻煩事，我會通知公會職員的。可是，妳自己也要小心一點喔。」

話是這麼說，對方要主動找我麻煩，我也沒辦法。

雖然我想要說自己並沒有錯，但是因為熊熊布偶裝也是原因之一，所以我也沒得抱怨。

「話說回來，這還真是誇張的狩獵紀錄呢。光是虎狼就很令人難以置信了，竟然還單獨狩獵黑蝰蛇。」

她瀏覽著出現在水晶板上的我的公會卡資料。

我總是在想，那塊水晶板和公會卡到底是什麼原理？

真不愧是幻想世界。

「真不敢相信妳只有階級Ｄ。」

莎妮亞小姐把公會卡還給我。

委託報告完成了，克里莫尼亞的公會會長給我的信也交出去了，這樣就做完該做的事了。

等一下簡單看看有什麼委託之後，就繼續參觀王都吧。

「妳不接委託嗎？」

「我才剛來到王都，下次再說吧。」

我並不缺錢，我只有在想要打發時間或遇到有趣的委託時我才會接，現在參觀王都的優先順序比較高。

「哎呀，真可惜。」

「對了，我想要參觀王都，有沒有什麼地方會賣稀奇的東西？」

「稀奇的東西？」

「不管是食材還是道具，什麼都可以。」

「這種事情是商業公會比較清楚。不過，現在的話應該是西區吧，那裡有各種不同的店。」

「西區啊，我下次去看看。」

我道了謝，走出冒險者公會。

冒險者們這次不發一語地目送我離開。

62 熊熊獲得起司

我離開公會，前往擺設著攤販的廣場。

首先為了填飽肚子，我先做的事是邊走邊吃。

因為攤販的數量很多，我慢慢地逛著逛著，發現幾天內應該逛不完。

逛了一陣子攤販，發現了熟悉的背影。

我為了嚇人而慢慢從後方接近。對方好像正在專注地看著什麼，沒有注意到我靠了過去。

「菲娜！諾雅！」

我從後面向看著攤販的兩人搭話。

「優、優奈小姐？」

「優奈姊姊！妳怎麼會在這裡？冒險者公會的事呢？」

兩個人驚訝地回過頭來。

「因為事情做完了，我來逛攤販。對了，妳們兩個在看什麼？」

我望向她們兩人剛才看著的方向，就聽到了疑似是在爭論的聲音。

「好像是因為老爺爺正在賣奇怪的食物，有人吵起來了。」

「奇怪的東西？」

「聽說好像是發霉的食物。」

發霉？如果有那種東西，當然會吵起來了。

我為了確認狀況，走到兩人的前方。

我看到有個老爺爺和年輕男人正在攤販前吵架。

「你為什麼要賣這種東西，會造成別人的困擾吧！」

「這不是普通的黴菌……」

「黴菌就是黴菌！」

「這是要吃裡面的……」

「這種發霉的東西怎麼能吃！」

老爺爺拚命地想要解釋，男人卻聽都不聽，只是不斷抱怨。

可是，我在意的是店裡擺放的東西。

這毫無疑問是黴菌，可是，問題不在這裡。

這是起司，是起司喔，這毫無疑問是起司。

可以直接吃，也可以夾在麵包裡，最重要的是還可以做披薩。

我還想要吃焗烤。可是，現在應該還沒辦法做焗烤。

「妳們兩個，那個是起司喔。」

「起司？」

「妳們不知道嗎？」

「是，我不知道。」

「我也不知道。」

看來她們兩個人都不知道起司。

也就是說，這是平常很難買到的東西。

我無論如何也要得到它。

「沒有人會吃這種東西啦！」

「我就說了，這是可以吃的東西。」

兩個人看似正在爭論，卻只有男人單方面對老爺爺不斷抱怨，男人完全聽不進老爺爺所說的話。

我走向正在爭吵的那兩個人身邊。

「優奈姊姊！」

菲娜想叫住我，但我已經走到那兩個人之間了。

「老爺爺，這是起司吧。」

「是啊，妳知道起司嗎，穿著可愛衣服的小姑娘？」

「幹什麼突然冒出來？而且妳那是什麼打扮？就算是小丫頭，我也不會輕易放過礙事的人。」

我靠近才發現他身上有酒臭味，好像已經喝到爛醉了。

所以，他才會對老爺爺所說的話充耳不聞。

「這是可以吃的東西，連這種事都不知道的人請閉嘴。」

我決定無視醉漢。

「妳說這種發霉的東西是食物？別笑死人了！」

醉漢非常惡質，不只是聽不懂人話，無視他還會跑來找碴。

「喂，妳有在聽嗎！」

男人想要抓住我的肩膀。

對醉漢講道理是沒用的。

我抓住他的手，再用另一隻手朝男人的腹部打出比較弱的熊熊鐵拳。

男人彎下腰，然後倒在地上。

雖然他昏過去了，但我有手下留情。

我把倒下來的男人留在原地，轉頭面向老爺爺，就像什麼事都沒有發生過似的向他搭話。

「老爺爺，你沒事吧？」

「是啊，妳幫了大忙，謝謝妳。」

老爺爺交互看著我和倒在地上的男人。

「所以小姑娘，妳知道起司嗎？」

「我記得是用牛奶發酵做成的，但詳細的做法就不知道了。」

「是啊，妳這麼年輕，竟然知道啊。」

「老爺爺，我可以試吃嗎？」

「當然了，妳吃吃看吧。」

老爺爺用刀子把起司切成薄片給我。

「優奈姊姊，妳要吃嗎？」

菲娜和諾雅一臉擔心。

也是啦，既然看到我要吃發了霉的東西，這也無可厚非。

「只有表面是發霉的，沒問題啦。」

我把一口大小的起司放入嘴裡。

雖然味道有點濃，但這絕對是起司沒錯。

「菲娜妳們要不要吃？」

兩人都搖了搖頭，這明明就很好吃。

「老爺爺，你有在賣這個對吧？」

「是啊，因為我在村子需要錢，所以才想說來王都賣起司，卻沒有人願意買。」

在這個世界，起司果然沒什麼人知道。

不只是剛才的男人，就連菲娜和諾雅都不知道。

「那也就是說，我買下全部也沒關係吧。」

其他地方沒有賣的可能性很高，我想要獨占這些起司。

「小姑娘，妳願意買嗎？」

「那就要看價錢了，要多少錢呢？」

「其實是要用重量來算的，一塊差不多是這個價格……」

我看了老爺爺提出的金額。

「我買，請全部賣給我！」

我當場就決定購買。

「我是很高興妳願意買，但妳是認真的嗎？」

老爺爺不敢置信地看著我。也對，有人說要把大家看都不看一眼的東西全部買下來，他應該也無法相信吧。

「嗯，我是認真的。」

我拿出錢來證明。

老爺爺的臉上浮現驚訝的表情。

「熊姑娘，謝謝妳。」

我把錢拿出來，他就相信我了，老爺爺很高興地收下了這些錢。

交涉成立的時候，後方開始騷動了起來。

好像有巡邏的士兵過來了。

「我聽說這裡有人正在爭吵。熊？……優奈閣下！」

現身的人是在盜賊團的問題上幫助過我的藍傑爾先生。

「優奈閣下，您在這裡做什麼呢？而且我聽說這裡有人發生爭吵……」

「什麼都沒有發生。只有醉漢在鬧事，然後自己倒下來睡著了。」

我看著剛才因為熊熊鐵拳而昏倒的男人。雖然倒地的原因不同，但他真的是個醉漢。

藍傑爾先生也看了倒在地上的男人，然後再望向周圍的群眾。

「這是真的嗎？」

他懷疑地向我問道。男人的嘴巴稍微吐出了一點泡沫。

瞞不過他嗎？

我決定乖乖說出實話。

「因為醉漢跑來找老爺爺吵架，我只是幫了個忙而已。」

「熊姑娘說的是真的，是她救了我。」

「優奈小姐並沒有錯。」

「優奈姊姊是為了保護老爺爺……」

老爺爺和諾雅、菲娜都幫我解圍。周圍也有擁護我的聲音出現。

也是啦，比起醉漢，大家都會擁護穿著布偶裝的女孩子吧。

藍傑爾先生搔了搔頭。

「我明白了，我這次就睜一隻眼閉一隻眼。」

藍傑爾先生指示部下搬運男人。

「我這次會朝醉漢鬧事的方向處理，也請優奈閣下不要製造麻煩。畢竟優奈閣下的打扮容易引來麻煩。」

關於這件事，我無法反駁，我剛才在冒險者公會就遇到麻煩了。

「就算您不那麼做，從各種地方聚集到王都的人也會製造很多麻煩，我們會很辛苦的。真的要拜託您注意了。」

我實在是沒辦法這麼保證。

「那麼，我就先告辭了。」

藍傑爾先生低下頭，然後和部下一起離開。

我和老爺爺重新開始討論關於起司的事。

「小姑娘，我好像給妳添麻煩了呢，謝謝妳。」

「不用放在心上，因為我也想要起司嘛。如果你還有的話，我還會再買。」

「抱歉，我已經盡量從村子帶過來了，這些就是全部。回到村子的話還有很多喔。」

這明明不是老爺爺的錯，他卻對我道歉。

可是，他說去村子裡就可以拿到更多起司，這可是一個好消息。

「那麼，可以告訴我村子在哪裡嗎？我下次去買。」

「我是很高興，但妳真的需要這麼多嗎？光是這些份量就相當多了呢。」

「我有在照顧孤兒院的孩子，我想找機會請他們吃加了這些起司的料理。」

「這樣啊。我知道了，歡迎妳來我們的村子。」

「謝謝你。」

「不會，要道謝的是我，謝謝妳。如果一直賣不掉東西，我就傷腦筋了。」

「是嗎？那我稍微多付一點喔。」

「可以嗎？」

「可以啊。相對地，我去村子裡的時候要算我便宜一點喔。」

「好，當然了。不用來王都，對我們來說也有好處。」

我從老爺爺那裡問到村子的地點，再將買來的起司全部收進熊熊箱。

我和老爺爺道別，和菲娜與諾雅一起逛攤販。

「優奈小姐，剛才那個叫做起司的東西，真的很好吃嗎？」

諾雅對一臉高興的我發問。

我的腦中不只有麵包，還想著要回家做披薩來吃。

我前幾天也買到了馬鈴薯，這簡直就像是在叫我去做披薩一樣。

我自然而然地露出笑容。

「嗯～～每個人感覺都不一樣吧。我喜歡吃，也有人不喜歡吃。」

「那個……也可以讓我吃吃看嗎？」

「我、我也想要吃吃看。」

「那我們現在回去做披薩吧。如果是披薩，幾乎所有人都會喜歡。」

我自己想吃是最強烈的理由。

「好的，我很想吃吃看。」

我回想起裝在熊熊箱裡的食材，決定先購入其他做披薩所需的食材，再回到熊熊屋。

63 熊熊進城堡

首先，要在大得很不必要的庭院裡做出石窯才能開始。

我回想著以前在電視上看過的做法，試著做做看。

魔法在這種時候真的很方便呢，就算做錯也很容易重來。

經過反覆的嘗試，我終於做好了一號石窯。

我請另外兩個人在我做石窯的時候揉麵團。

麵團完成的時候，我們開始準備要鋪在披薩上的配料。

馬鈴薯、雞肉、青椒、番茄和剛才購入的起司。

我們把這些食材擺好，然後把披薩送進石窯。接下來只要等披薩烤成美味的微焦色就可以了。

融化的起司飄出陣陣美味的香氣。

「差不多可以了吧。」

我把烤好的披薩拿出來。起司融化成黏稠的樣子，看起來非常好吃。

「這就是披薩嗎？」

「聞起來好香喔。」

我把披薩切開，放在盤子上遞給她們兩個人。

「很燙的，小心不要燙傷了喔。」

我先提醒了兩人，再準備自己的份。看起來好好吃，因為沒有必要忍耐，我馬上吃進嘴裡。

起司牽絲了，雖然燙，卻非常美味。

懷念的家鄉味。

只要打個電話就可以在三十分鐘內收到的服務真令人懷念。

看到我吃得津津有味，菲娜她們兩個人也開始吃披薩。

「好燙！可是好好吃。」

「真的很好吃。」

「對吧，為什麼大家都不吃這麼好吃的東西呢？」

「這個會牽絲的東西就是起司吧，原來融化之後會變成這個樣子呀。」

「馬鈴薯也很鬆軟，好好吃。」

「因為起司和馬鈴薯很搭嘛。」

雖然我也想做其他種類的披薩，但是沒有材料。

真想吃海鮮披薩，在上面放烏賊或蝦仁、貝類之類的配料。

另外，香腸或培根應該也不錯。

總而言之，我決定今天只吃一種口味就好。

也好，反正做那麼多也吃不完。

就連這麼大的一塊披薩，我和兩個小不點都不一定吃得完了。

「冷掉就不好吃了，快點吃吧。」

我們三個人正在吃披薩的時候，聽到有奔跑的聲音從遠處傳來。

現身的人是穿著制服的希雅。艾蕾羅拉小姐也很會跑，這對母女喜歡跑步嗎？

「姊姊大人，妳怎麼會在這裡？」

「今天學校比較早放學，我回到家卻發現妳不在，我猜妳會在這裡才過來的。對了，大家在吃什麼？」

她看到我們在吃披薩，便這麼問道。也對，她應該沒有看過。

「這是叫做披薩的食物。」

「披薩是嗎？」

「應該說是在薄麵團上面放各種配料，再放上起司烤熟的食物吧。」

雖然有點不一樣，我還是簡單地說明了。

「姊姊大人要不要吃？非常好吃喔。」

我把多的披薩遞給希雅。

「這要用手拿著吃嗎？」

「一般來說都是用手拿來吃。如果妳不想的話，我可以準備叉子。」

貴族可能會排斥用手吃東西吧？

可是，她的妹妹諾雅也是用手抓來吃。

「沒關係，我可以直接吃。」

「很燙，要小心喔。」

希雅靈巧地把垂下來的起司放到嘴裡，吃了一口披薩。

「……真好吃。」

希雅也加入我們，逐漸消耗掉披薩。大家都很會吃呢。

「真可惜沒辦法和米莎大人一起吃。」

這麼說來，她們今天沒有在一起呢。

「這也沒辦法呀，因為她今天好像要跟家人一起出門。」

所以她才不在啊。

「如果大家還要吃的話我就再烤，怎麼樣？」

「我還想再吃一點。」

「我也想要。」

「我也是。」

她們三個人好像都還吃得下。

我應她們的要求，用和剛才相同的材料烤披薩。
看這個樣子，孤兒院的孩子們應該也會喜歡吧。
我把新烤好的披薩切開來分給三個人。
「小心不要燙傷了喔。」
三人很有精神地回答「「「好」」」然後開動。
兩塊大披薩完全消失到四個人的肚子裡。
最後大家都難免因為吃太撐而覺得難受。
我覺得下次應該做得小一點。

隔天早上，艾蕾羅拉小姐來到了熊熊屋。
「早安，妳怎麼會一大早就過來？」
「我聽女兒們說了，妳這邊好像有什麼好吃的食物呢。」
那是指昨天吃的披薩吧。
「那不是適合早上吃的東西喔。」
艾蕾羅拉小姐只為了這件事就這麼早過來嗎？
「早上不能吃嗎？」
「也許有人會吃，但是一般人很少在早上吃的。」

早上吃的話會消化不良。

「那真是可惜。昨天我女兒都沒有吃晚餐。所以我質問她們為什麼，她們就說在優奈這裡吃了叫做披薩的美食，形容得很好吃呢。只有我沒有吃到也太令人不甘心了。」

不管怎麼看都不像是可以拒絕的樣子。

看來我要連續兩天吃披薩了。

「唉，我知道了，那就在午餐的時候做來吃吧。」

「真的嗎？那既然距離午餐還有一段時間，我帶妳參觀城堡好了。」

「城堡嗎？」

「嗯，最近菲娜有說過想看看城堡裡面。可是，相關人士以外的人基本上是不能進入城堡的。不過，只要有我在就可以進去了。所以，我們上午參觀完城堡之後，午餐就吃披薩吧。」

可以參觀城堡內部的機會的確不多。

我本來就知道菲娜想去看，於是答應了這個提議。

如此這般，我和菲娜一起來到城堡了。

巨大的建築聳立在我們眼前。

城堡的入口有兩名拿著大把長槍的士兵站立著。

菲娜很緊張，握著我戴著熊熊手套的手。

雖然艾蕾羅拉小姐什麼都沒有說，但我穿著這種衣服進去沒問題嗎？

如果我在入口被擋下來，只要拜託她只帶菲娜進去參觀就好。

「艾蕾羅拉大人，早安。請問這兩位小姐是哪位？」

雖然他稱呼我們是小姐，卻用懷疑的眼神看著我的打扮。

不過，既然這是他的工作，那也沒辦法。

「她們是我的客人，我想要讓她們看看城堡裡面。有什麼問題嗎？」

艾蕾羅拉小姐帶著威嚇的感覺對門衛說道。

門衛對這樣的艾蕾羅拉小姐後退一步。

「不，沒有這回事。由於工作內容，我只是要進行確認，請進。」

門衛敬了禮，讓我們進入城堡。

這樣子就好了嗎？

沒有人回答我心中的吐槽。

「妳們兩個有什麼想參觀的地方嗎？」

艾蕾羅拉小姐看著我們的臉恢復了笑容。惹她生氣應該很可怕吧？

「我是沒有啦。」

我根本不知道城堡裡有什麼。

「我也沒有，我已經滿足了。」

菲娜才剛進門就想要回去了。

她應該是因為憧憬而想要看看城堡，另一方面又因為身分懸殊而感到畏縮吧。

「那我們就隨便逛逛吧。」

「可是，瞞著諾雅過來真的好嗎？」

離開熊熊屋的時候，我問了關於諾雅的事。就像上次一樣，她有可能會因為我和菲娜出門而鬧彆扭。

「沒關係啦，都要怪那孩子一直睡不醒。不知道克里夫有沒有好好教她，下次見面時一定要問問看才行。」

於是我們三個人走在城堡裡。

用語言來表達的話就是「好大」、「好漂亮」、「城堡耶」的感覺。嗯，這樣根本算不上說明。

我們跟著艾蕾羅拉小姐走在城堡裡的時候，每次經過別人的身邊，大家都會對艾蕾羅拉小姐低頭行禮。然後，他們接著看到我就會露出驚訝的表情。

話說回來，艾蕾羅拉小姐到底是做什麼工作的人呢？雖然我知道她在城堡裡工作。

既然她的丈夫克里夫負責管理領地，一般來說身為妻子的艾蕾羅拉小姐應該也會去幫忙領主的工作才對。

「請問艾蕾羅拉小姐在城堡裡做的是什麼工作呢？」

「我的工作？我是負責打雜的。」

「打雜？」

「像是管理騎士、處理文件、聽國王商量事情等等，有很多雜事要做。老實說我也想辭掉工作回到克里夫那裡，但是國王和宰相、騎士們都不肯放我走。所以，在我女兒希雅在學校就讀的這段時間，我才會在城堡工作。可是，等到諾雅也開始上學，我可能又得繼續在城堡工作了。」

我還是搞不太清楚艾蕾羅拉小姐的職務，不過她該不會是位階超級高的人吧？

所以，大家才會對她低頭行禮嗎？

要是問得太詳細，感覺好像很可怕，於是我決定不要深究。

「那麼，接下來去看騎士訓練的樣子吧。」

我們穿過中央的中庭，來到一個稍微大一點的訓練場。

那裡有穿著甲冑的士兵在，他們正拿著劍或長槍等武器進行著練習。

艾蕾羅拉小姐一出現在訓練場，就有一名騎士走過來了。

「艾蕾羅拉大人，您怎麼會來到這種地方呢？您是來觀看我們的訓練的嗎？」

「我只是來看你們有沒有偷懶而已，你可以回去訓練了。」

騎士低頭行禮後便乖乖地回去了。

「優奈妳覺得看起來怎麼樣？」

「什麼怎麼樣？」

「妳贏得了騎士嗎？」

在各位騎士的面前，妳問的這是什麼問題啊。

「我贏不了。」

我這麼回答。

騎士們都偷偷地瞄著艾蕾羅拉小姐。

「大家好像都很在意優奈妳呢。」

他們看的好像不是艾蕾羅拉小姐，而是我。

也對，在城堡裡很有名的艾蕾羅拉小姐帶著穿布偶裝的人和一個小女孩過來，大家應該都會好奇吧。

我看著騎士練習的景象就回想起玩遊戲的時候。他們的練習很有魄力，有著和遊戲不一樣的氣勢。

我專心地看著，這時艾蕾羅拉小姐說了一句不得了的話：

「優奈，妳要不要跟他們一起訓練？」

雖然我也想試看看他們有多少實力，但要是我在這獲勝了，肯定會遭人怨恨。

如果是遊戲就算了，既然我要繼續在這個世界生存下去，我不想做出那種事。所以，我只有一個答案：

「請容我鄭重地拒絕。」

「真可惜。」

她該不會是想要看我戰鬥的樣子才帶我過來這裡的吧？

一般來說，普通人應該不會把女孩子帶到騎士的訓練場。就連菲娜都一直保持沉默。

我提議去其他的地方參觀，艾蕾羅拉小姐露出很遺憾的神情，決定帶我們到別的地方。

我轉過身，正要回到城堡裡面的時候，看到一個小女孩跑過來的身影。

「是熊熊耶～～」

她噗的一聲抱住我的腰。

呃，誰啊？

她是個四五歲左右的女孩子。

穿著一身漂亮的洋裝。

在城堡裡穿著漂亮服裝的人，該不會是……

「這不是芙蘿拉大人嗎？您怎麼會在這裡呢？」

芙蘿拉大人？

她該不會，該不會真的是吧？

「我在城堡裡散步，大家說有看到熊熊，我就來找熊熊了。」

熊熊指的應該是我吧。

「為什麼城堡裡會有熊熊？」

「熊熊正在參觀城堡喔。」

艾蕾羅拉小姐回答。可是，她竟然叫我熊熊。

「是嗎？」

她用圓圓的眼睛看我，所以我的選擇就只有點頭而已。

「這樣呀，那我帶妳到我的房間。」

小小的手握住了我的熊熊玩偶手套。

我不知道該如何是好，於是望向艾蕾羅拉小姐。

「那就請您幫忙帶路了。」

「艾蕾羅拉小姐？」

「怎麼可以拒絕公主殿下的邀請呢？」

她果然是公主殿下。

可是，這樣好嗎？是公主殿下的房間喔。

雖然我想拒絕，但是應該拒絕不了吧。

更重要的是，我們可以去公主殿下的房間嗎？

那是王室成員的房間耶。

雖然我只有從漫畫和小說裡得到的知識，但那應該不是一般的冒險者可以踏進的地方吧。

「艾蕾羅拉小姐，這樣不太好吧？對方可是公主殿下耶，我們是普通人耶。」

在我身旁的菲娜甚至白著一張臉僵在原地。

遇到這種高不可攀的人物，她大概比我更容易腦筋一片空白。

「有我在一起就沒關係，我會負起全責的。」

「熊熊，妳不想來我的房間嗎？」

公主用悲傷的眼神仰望著我。

無路可逃了。

大概只能去了吧。

我沒有辦法甩開握著熊熊玩偶手套的小手。

「我會去的，妳不要哭。」

我用空下來的熊熊玩偶手套溫柔地摸摸她的頭。

我摸了後才想到，摸王室成員的頭沒關係嗎？

既然艾蕾羅拉小姐什麼都沒有說，應該沒關係吧。

芙蘿拉大人很高興地牽起我的手。

菲娜依舊一臉蒼白地跟了過來。

艾蕾羅拉小姐面帶微笑跟著我們走。

我們應該不會遇到國王吧。

於是，我們來到公主殿下的房間了。

怎麼說呢？真是豪華。

雖說很豪華，但這裡並不是金光閃閃的房間，也沒有高價的壺或是高級的畫。

漂亮的地毯。

付有頂蓋的床。

看起來很柔軟的棉被。

帶著高級感的桌椅。

就是這樣的房間。

話說回來，來到房間是很好，但是接下來要做什麼？

「芙蘿拉大人，您想要做什麼呢？要讀繪本嗎？」

「繪本好無聊。」

艾蕾羅拉小姐拿來的繪本是公主和王子的故事。

我看到這本繪本的感想是：明明是繪本，裡面的畫卻不可愛。

繪本這種東西，就是要畫著可愛的畫才叫做繪本吧。

書裡的畫竟然這麼寫實。

「艾蕾羅拉小姐，請問有紙和筆嗎？」

「有是有，怎麼這麼問？」

「我想要畫繪本。」

不論是誰都曾經憧憬過漫畫家之路。

我並沒有特別以此為目標，但也曾經隨意地畫過漫畫。

我當家裡蹲的時間很長，所以有很多時間可以畫漫畫。

「優奈，這些可以嗎？」

艾蕾羅拉小姐拿了紙筆給我。

我接過工具，開始畫起繪本。

64 繪本 熊熊與少女 第一集

某個城市裡住著一個小女孩。

小女孩最愛她的媽媽了。

可是，媽媽因為生病，只能動也不動地躺在床上。

小女孩沒有爸爸。

小女孩必須為了生病的媽媽工作買藥。

可是，小女孩並沒有工作。

因為沒有人願意請小孩子工作。

小女孩為了找藥草，出發到森林裡。

森林裡有很多可怕的魔物。

可是，為了最愛的媽媽，小女孩一定要找到藥草。

可是，不管她找了多久都找不到藥草。

雖然危險，小女孩還是走到了森林深處。

小女孩迷路了，被野狼包圍住了。

小女孩大叫。

她大叫「救命呀」。

可是，沒有人來幫忙。

媽媽，對不起。

我沒有找到藥草，對不起。

對不起。對不起。

小女孩說著沒有人聽得見的對不起。

小女孩快要被野狼攻擊的時候，害怕地閉上眼睛。

可是，不管過了多久，她都沒有被攻擊。

她慢慢睜開眼睛，看見前面有死掉的野狼。

為什麼？

小女孩看看附近。

她看到了一隻熊熊。

「妳沒事吧？」
熊熊對小女孩說話了。
「謝謝熊熊。」
小女孩對熊熊道謝。
「妳為什麼會在這裡？」
因為熊熊這麼問，小女孩就說了實話。
熊熊聽了她說的話。
然後，熊熊叫小女孩騎到自己的背上。
小女孩就騎到熊熊的背上了。

熊熊跑得非常快。
熊熊停了下來。
前面有很多很多的藥草。
小女孩對熊熊道謝，開始採藥草。
這樣就可以幫媽媽做藥了。
「熊熊，謝謝你。」
熊熊溫柔地對小女孩微笑。

熊熊把靠近小女孩的魔物都打倒，還載她到城市。
小女孩對熊熊說了好幾次謝謝。
熊熊溫柔地摸摸小女孩的頭。

熊熊揮揮手，然後回到森林裡。
小女孩最後行禮一次，然後跑回有生病的媽媽在的家。
熊熊回到森林裡了。
小女孩用帶回來的藥草做了媽媽的藥。
媽媽微笑著對小女孩說謝謝。
小女孩也露出微笑。

謝謝你，熊熊。

65 熊熊畫繪本

首先要構想故事的內容。

這個時候用熊當作題材應該比較好。

為什麼呢？因為這孩子一直黏著我（熊）。

可是，有什麼繪本是有熊出場的嗎？

我想得到的就只有金太郎的故事裡出現的熊。

另外大概就只剩「森林裡的熊先生」這首歌了吧。

我試著回想自己的童年，發現不知道的事情就是想不起來。

現在果然只能把自己身邊的故事當作題材了。

我開始畫起一名少女。

芙蘿拉大人在我身旁專心地看著。

可能是覺得在紙上畫圖很不可思議，她非常安靜。

少女是以菲娜為模特兒。

有參考人物，畫起來也比較容易。

「看起來跟菲娜真像。」

紙上描繪著Q版的菲娜。

「是啊，因為這是菲娜經歷的真實故事嘛。」

「哎呀，是嗎？」

成為繪本題材的菲娜在遠處緊張地喝著女僕小姐拿來的飲料。

因為平民應該很少有機會遇到女僕小姐幫忙準備茶水。

我配合著故事畫出幾張圖畫。

我終於畫到我（熊）登場的情節。

「哎呀，好可愛的熊喔。」

我畫著Q版的熊（我的角色）。不過，登場的並不是我，而是Q版的真正的熊。

其實有色彩應該會更好。可是，就算只有黑色，我也覺得還算畫得不錯。

下次或許可以試著找找看有沒有彩色筆。

「哇……」

芙蘿拉大人眼神閃閃發光地看著熊熊的圖畫。

「話說回來，我還是第一次看到這麼可愛的畫呢。」

「是嗎？」

「我認識幾個畫家，但是從來沒有看過這種畫。」

我把小女孩和熊熊相遇的情節畫出來。

「小女孩會怎麼樣？」

芙蘿拉大人問我。

可是，我刻意不回答她。

「畫完就知道了。」

「那妳快點畫嘛，快點畫嘛。」

我開始畫出後續。

在這之後，我完成了幾張畫。

最後畫完小女孩回到城市，熊熊回到森林的場景，繪本就完成了。

「完成了……」

雖然是幾個小時內畫完的，卻是投入相當心力的作品。

因為我不是職業的繪本作家，差不多就是這樣了吧。

我把紙張整理好，交給芙蘿拉大人。

「熊熊，妳要送給我嗎？」

「如果妳願意讀的話，我會很高興的。」

「熊熊，謝謝妳。」

她很高興地收下了繪本。

「芙蘿拉大人，真是太好了。為了不要掉頁，我等一下幫您裝訂起來。」

芙蘿拉大人很高興地看著繪本。

能讓她開心就再好不過了。

花幾個小時畫好繪本並不是靠熊熊裝備的力量，而是我的實力。

我覺得這好像是我自己的能力第一次在這個世界派上用場。

我打直腰桿、放鬆肩膀的時候，房門被敲響，有女僕走了進來。

「芙蘿拉大人，已經到吃飯時間了。」

「那麼，我們也該走了。」

艾蕾羅拉小姐站了起來。

我也學她從椅子上站起身。

「熊熊，妳要回去了嗎？」

艾蕾羅拉小姐向芙蘿拉大人道別之後，她便不捨地抓住我的衣服。

「呃，芙蘿拉大人，我下次還會再來的。」

「真的嗎？」

「我會暫時待在王都，所以還會再來的。」

「嗯，我知道了。」

小小的手放開了我的衣服。

「菲娜也一起回去吧，別老是白著一張臉嘛。」

「優、優奈姊姊？」

菲娜回到了現實，她剛才好像一直待在另一個世界似的。

要是菲娜知道了繪本的內容，搞不好會昏過去，還是保密好了。

我們和芙蘿拉大人道別，走出城堡。

結果我們只參觀到騎士的訓練場和公主殿下的房間而已。

可是，我們已經充分欣賞過城堡的通道和外觀了。

雖然不知道最想去的菲娜有沒有享受到樂趣。

我們回到熊熊屋，便看見諾雅坐在玄關前。

她一注意到我們，就站起來開始發脾氣。

「妳們大家到底去哪裡了！」

「我們去城堡。」

我簡單說明了今天早上的事。

「母親大人！為什麼要不說一聲就走掉。請帶我一起去吧。」

「因為妳都不起床嘛。」

艾蕾羅拉小姐心平氣和地回答。

「而且，我是先過來這裡才決定要去城堡的，根本沒有機會邀請妳呀。」

「應該還有很多方法吧，像是先回家裡一趟之類的，請不要排擠我啦。」

「那妳就早點起床吧。」

「嗚……我知道了。可是，下次請好好叫我起床。」

「除非妳不要說『再讓我睡一下……』之類的夢話。」

諾雅滿臉通紅地閉上了嘴巴。

「可是，真虧妳知道我在這裡呢。」

「因為史莉莉娜說母親大人一邊在嘴裡念著『披薩、披薩……』一邊出門，我就馬上知道妳要去哪裡了。可是我過來這裡卻找不到人，我也想要再吃一次披薩嘛。」

「那麼，我現在正要開始做披薩，妳願意幫忙嗎？」

我走向石窯，開始準備烤披薩。

話雖如此，昨天準備好的材料一直放在熊熊箱裡。

所以只要切好食材，再放到麵團上拿去烤就可以了。

準備結束，石窯也熱好了，於是我把披薩放進去。

披薩在石窯中漸漸烤熟。

「聞起來好香喔。」

「這麼好吃的東西，真希望可以每天吃。」

「會胖喔。」

我不想要看到變胖的諾雅。

「吃這個會變胖嗎！」

「因為很油嘛。一個月吃幾次就很多了，而且吃太多也會膩，任何事最好都要適可而止。」

如果有很多種配料的話，也有可能不會膩就是了。

我還得在王都內尋找食材才行。

我特別想要米、醬油、味噌。

披薩已經烤好了，於是我從石窯中拿出來。

我把披薩切成四人份，放到盤子上。

「那我開動了。」

「很燙的，請小心吃喔。」

我叮嚀第一次吃披薩的艾蕾羅拉小姐，要是讓她燙傷就傷腦筋了。

「好、好燙！可是，真的很好吃。」

她拉著起司絲，吃得津津有味。

「是，非常美味。」

我在大家正在吃的時候準備烤另一塊。

昨天四個人吃兩塊吃得很撐。

今天也是四個人。可是因為艾蕾羅拉小姐是大人，烤兩塊應該剛剛好。

「優奈姊姊，我也來幫忙。」

正在吃披薩的菲娜表示要幫忙。

「妳繼續吃沒關係，我馬上就弄完了。」

「可是……」

「不用在意。」

「嗯。」

菲娜一臉抱歉。

她明明不需要在意的。

第二塊也準備好了，我趁第二塊烤好的期間吃披薩。

第二塊也順利烤好，披薩最後也受到艾蕾羅拉小姐的好評。

因為有艾蕾羅拉小姐幫忙吃，四個人吃兩塊的量剛剛好。

「披薩的確有點油，真想吃些什麼清爽的東西呢。」

「那要不要吃布丁來清清嘴巴？」

「我要吃！」

諾雅舉起手大叫。

「布丁？那是什麼？」

「是又甜又好吃的東西喔。」

諾雅代替我說明。

不過，直接請她吃比較快，於是我從熊熊箱裡取出布丁。

「這就是布丁嗎？」

「一個人一個喔。」

布丁的存貨也所剩不多了。

前來王都的途中和抵達王都之後，我也吃掉了幾個。

而且因為有用來做料理，所以蛋的存貨也變少了。

要不要先回克里莫尼亞拿一下蛋呢？我吃著布丁，思考蛋的問題。

「這是什麼？披薩很好吃，這個叫做布丁的東西也很好吃呢，開店的話應該會大賣吧？」

「如果開店的話，我每天都要去買。」

母女倆感情很好地表示讚賞。

如果有更多鳥，再多生產一些蛋的話就有可能，不過現在有幾隻鳥呢？

因為我把這些事都交給莉滋小姐和堤露米娜小姐處理了，所以不太清楚。

下次回克里莫尼亞的時候可得要記得問堤露米娜小姐。

雖然艾蕾羅拉小姐和諾雅還想吃更多布丁，但是因為我不放心存貨的問題，所以只好請她們忍耐。

不管怎麼說，吃太多都不好。

「優奈，今天謝謝妳喔。」

「我也很高興可以參觀城堡，非常謝謝妳。」

我沒有說謊，可以參觀城堡內部有讓我充分享受到樂趣。

到頭來，我還是不知道最想看城堡的菲娜玩得開不開心。

只不過，真沒想到我們會被叫到公主殿下的房間裡。

66 熊熊為諾雅努力

我們來到王都已經過了幾天。

我也接到了盜賊團已經被掃蕩的消息。

被抓住的人們好像也已經順利救出了。

可是，聽說有人已經身亡了。我已經請人幫我把我可以拿到的獎金交給被害者家屬。

因為只有道具袋可能派上用場，所以我收了下來。

我今天帶著菲娜和諾雅、米莎三個人在王都內觀光。雖然我依然很引人注目，但畢竟還有菲娜等三個人在，我不會靠近危險的地方，所以不會遇上什麼麻煩。

可是，我們現在走到的地方很接近冒險者公會。雖然我想應該沒問題，但是不是稍微離遠一點比較好呢？

「優奈小姐，前面好像有點吵鬧呢。」

諾雅的視線前方是冒險者公會。我看過去，發現有很多冒險者走進了冒險者公會。

每個冒險者看起來都很慌張。

發生什麼事了嗎？

「我有點在意，想要去看一下公會，妳們三個人要怎麼辦？」

「我也一起去。」

「「我也是。」」

三人表示想與我同行。

算了，反正我也沒有要承接委託，應該沒問題吧。要是發生什麼事，再麻煩身為公會會長的莎妮亞小姐就行了。

我們一進入冒險者公會，就看到吵吵鬧鬧的人、一臉擔憂的人、煩惱的人等各種冒險者。

其中，我聽到一個冒險者大叫的聲音：

「現在到底是什麼情況！」

「公會會長正在根據調查的結果進行斟酌，公會馬上就會發表消息，請您稍候。」

公會職員拚命地應對著許多前來逼問的冒險者。

「優奈姊姊，是不是發生什麼事了？」

「好像是呢。」

總而言之，我四處張望，尋找可以說明狀況的人。

身為公會會長的莎妮亞小姐不在，也沒有公會職員有空。

「優奈？」

我望向呼喚我的聲音傳來的方向，看到曾經護衛葛蘭先生的瑪麗娜等人。

「瑪麗娜，這裡這麼吵鬧，發生什麼事了嗎？」

「妳不知道嗎？聽說好像有人發現了魔物群，當時似乎有幾個冒險者殉職了。接到這項報告的公會有派人去調查，可是好像沒有什麼好消息。」

「現在有什麼已知的情報嗎？」

「已經發現有成群的哥布林、野狼、半獸人了。另外，也有冒險者看到天上有幾隻飛龍。」

「這附近本來就有飛龍嗎？」

「當然沒有了，我從來沒聽說過王都附近有飛龍出沒。」

我們正在交談的時候，公會會長莎妮亞小姐就從深處走出來了。

隨著她的出現，公會內變得更加吵雜。

「我現在馬上說明，不要吵了。」

因為莎妮亞小姐的一句話，公會內安靜了下來。

「根據我們派去偵察的冒險者帶回的情報，哥布林、野狼、半獸人加起來有一萬隻以上。而且雖然數量不明，也已經確認到飛龍的存在。」

聽到這番話，冒險者們又開始騷動。

「我們已經派人將情報送至城堡，各位要和王都的士兵一起進行狩獵。」

這句話一出，冒險者們便開始放心下來。

「可是，為什麼到現在才發現？」

「已經有人報告過道路上出現半獸人的消息，哥布林和野狼出沒的報告也有增加吧。」

襲擊葛蘭先生等人的半獸人該不會也是其中之一吧？

「所有冒險者進入備戰狀態。現在承接的委託全部暫停，這場狩獵將列為最重要委託。」

這表示，我應該也要參加吧。

大概是不能不參加了吧。

「瑪麗娜，那些魔物在哪裡？」

「在我們途中經過的一座森林裡，當時遇到的半獸人大概也是其中一群吧。」

這個可能性果然很高。

我看向諾雅，發現她的臉色有些蒼白。

「諾雅，妳沒事吧？」

「父親大人他……」

「克里夫該不會是現在要來王都……」

記得他是因為自己會晚到，才讓諾雅先來到王都。以時機來說，他正往這裡過來也不奇怪。

「嗯，應該就快來了。」

「他應該有帶護衛，只要不被大群魔物攻擊就沒問題的。」

「……嗯。」

可是，諾雅的臉色很不好。

還是離開這個地方比較好。

「妳們三個，要出去嘍。」

我們帶著一臉不安的諾雅，走到冒險者公會外頭。

真不該帶她過來的。

我沒有想到會發生這種事。

「優奈小姐，父親大人沒問題吧？」

要叫她不用擔心是很簡單的。

可是，克里夫會經過的道路可能有一萬隻魔物。就算有護衛在，也沒有辦法給她任何安慰。

我看到諾雅不安的表情，便下定決心。我把熊熊玩偶手套輕輕放到諾雅的頭上。

「我會去接克里夫的。」

「優奈小姐？」

「所以，妳就放心在家裡等吧。」

「優奈姊姊。」

「在我回來之前，菲娜也一起待在諾雅家吧。米莎也是，她們兩個就拜託妳了。」

「好的。」

「優奈姊姊，妳不會死掉吧。」

「我怎麼可能死掉呢。」

我溫柔地撫摸菲娜的頭。

和她們三人道別之後，我用跑的前往城門。熊熊布偶裝在王都內奔跑。

我抵達出入王都的城門，把公會卡放到水晶板上面。

雖然有很多人進入王都，卻沒有人出去。

衛兵看到我的裝扮只是驚訝，並沒有阻止我。

魔物群出現的消息好像還沒有傳到這裡來。

我一來到外面就叫出熊緩。

我為了迎接克里夫，騎著熊緩往克里莫尼亞前進。

對克里夫見死不救實在是讓人過意不去。

而且我也不想要看到諾雅傷心的表情。

熊緩用最高速度奔走。

牠可以跑得比馬更快。

如果我變強，這兩個孩子也會變強嗎？

牠們的速度毫無疑問比當初相遇的時候更快。

熊緩願意答應我的請求。

而我很感謝熊緩。

67 熊熊開無雙

雖然我一直朝著克里莫尼亞前進，卻找不到克里夫。

我有使用探測技能，所以不可能會錯過，他應該不會是死了吧。

如果死了，就沒辦法用探測技能找到他了。

我使用探測技能前進著，就在角落發現了大量的魔物反應。

數量多到數不清。

我看往有魔物反應的方向。

附近有一片森林。也就是說，那片森林中有一萬隻魔物。

這個時候，行動的選項增加了。

要繼續搜索克里夫？還是去狩獵魔物？

我曾經和野狼、哥布林、半獸人戰鬥過，沒有問題。

我擔心的是自己的魔力。我不知道自己是否有可以打倒一萬隻魔物的魔力，我並不知道自己的魔力總量大概有多少。

來到這個世界以後，我從來沒有使用魔法直到魔力枯竭過。所以，我不知道自己可以使用幾次多大威力的魔法。

而且我不知道飛龍的強度。雖然曾經在遊戲中打過，但那並不是這個世界。

我煩惱著對魔力的不確定和飛龍的強度。

和克里夫會合之後也會遇到問題。如果到時候被一萬隻魔物襲擊，要一邊保護他一邊戰鬥是很困難的。

然後，我稍微思考過後作出決定。

為了保護諾雅的笑容，我叫熊緩往森林裡跑。

只要先將一萬隻魔物打倒，就可以徹底解決問題。

我站在森林的入口，這裡面有一萬隻魔物。

「熊緩，謝謝你載我到這裡。」

我撫摸著一路跑到這裡的熊緩，慰勞牠的辛苦。

我召回熊緩，然後召喚出熊急。

「熊急，接下來要在魔物之中奔跑，拜託你了。」

我撫摸熊急的脖子，牠就發出「咿～」的聲音磨蹭我。

我騎到熊急身上，衝進森林裡。

我一進入森林，馬上就遇到幾隻哥布林逼近過來。

我發動風之刃，把哥布林的頭砍下來。

我看著目標發動魔法。接下來，魔法就會自動朝著目標飛過去。

我一邊使用探測技能，一邊砍掉哥布林的頭。

白熊跑著穿越森林。

哥布林的頭隨之飛越空中。

右方、左方、前方、右前方，哥布林一一倒下。

森林中有白色與黑色的影子，以及風的魔法奔馳著。

我不知道自己打倒了幾隻哥布林。

白色影子通過的路徑上留下了哥布林的屍體。

持續奔跑，便發現前方有一群哥布林。一跑出樹木之間，陽光就照了進來。

這裡是個寬敞的空間，前方有無數隻哥布林。

我叫熊急往哥布林群之中奔跑。

我想起在遊戲裡面也有對小兵魔物開無雙的活動。

內容是比賽誰可以在一定時間內打倒愈多魔物。

我也曾經打進很高的名次。

我使用魔法，掃蕩廣場內的哥布林。

我還有魔力。

我使用探測技能檢查周圍。只剩下一點點哥布林了，這種數量不需要在意。

還剩下野狼群和半獸人群。

我不知道魔力可以撐到什麼時候，比起野狼，我決定優先狩獵半獸人。

野狼的話，用武器也能打倒，用大小相當於棒球的石頭也行。

總而言之，我決定先移動到沒有魔物的地方休息。

我從熊熊箱裡取出冰鎮過的歐蓮果汁來喝。

經過暫時的休息，我請熊急前往有半獸人群在的方向。

「熊急，對不起喔，再加油一下吧。」

進度還不到一半。

幾分鐘後，我遇到半獸人群了。

比起哥布林，我增強了灌注到風裡的魔力。

哥布林的脖子和半獸人的脖子強度可不同。

「如果可以用大約兩倍的魔力切斷就好了。」

我對半獸人放出風之刃。

半獸人的頭被砍了下來。

這個程度的魔力應該就可以了。

可是，半獸人的體力和攻擊力都比哥布林還要強上許多。

所以，我全都使用遠距離攻擊來打倒牠們。

半獸人揮舞著武器，用不像是壯漢的速度向我跑過來。

我騎在熊急身上跑的時候，有箭飛了過來。

半獸人弓箭手！

在遊戲裡也出現過的，使用弓箭的半獸人。

飛行道具很棘手。

我用風魔法包圍熊急。

還有魔法朝我攻了過來。

「連半獸人魔法師都有嗎？」

持弓的半獸人弓箭手。

持杖的半獸人魔法師。

拿著大劍或木棒等武器的半獸人。

實在太煩人了。

對數量就要用數量取勝。

我發動土魔法，做出大約十隻和熊急相同大小的熊熊土偶。

這個瞬間，我第一次被魔力遭到吸取的感覺侵襲。

可能有點太多了。還是說，我在打倒哥布林的時候用了太多魔力？

我讓熊熊土偶朝半獸人跑過去，我則騎著熊急跟在後面奔跑。

熊熊土偶用銳利的爪子突刺半獸人的脖子。

我也從後方使用風魔法，把牠們的頭一一砍下。

熊熊土偶就算被箭射中也不會停下動作，也可以承受魔法。如果熊熊土偶還是受了傷，我就會灌注魔力來修復它們。

土偶壓制住半獸人的動作，而我則用魔法打倒牠們。就算被包圍，土偶也會幫我擋住敵人。

真是夠了，怎麼會有這麼多啊。

如果是遊戲，用「因為有活動」一句話就可以解釋，但這實在太奇怪了。我聽說王都附近出現這麼多魔物群是不可能的事，而且還集中在同一個地方。

我用風魔法將眼前最後一隻半獸人的頭砍下來。

結束了。

我回頭往後看，發現我和熊熊土偶通過的地方被半獸人的屍體鋪出了一條路。

我戰鬥了這麼久，卻因為有熊熊服裝的關係，只感受到少量的體力疲勞。

我小小吐了一口氣，確認體內剩下的魔力。

「魔力……還有……可是，總覺得好像減少了很多。」

如果像遊戲一樣化為數值的話就可以知道有多少，但大概不行吧。

剩下的魔物有野狼和飛龍。

我使用探測技能來確認位置。

前方有飛龍的反應。我正在打半獸人的時候，牠們好像來到這附近了。

可是，神奇的是飛龍並沒有在移動。我望向天空，也沒有看到牠們在飛。

是在睡午覺嗎？不會吧。

可是，既然牠們沒有移動，我為了盡量恢復魔力而消除土偶，換穿白熊服裝。

應該沒有人在吧。

換成白熊服裝之後，我可以感覺到身體變暖，魔力漸漸恢復。

我趁著恢復魔力的時間把狩獵到的半獸人身體收進熊熊箱。

我把半獸人持有的劍和弓、杖都作為戰利品拿走。

我不拿的東西只有切下來的頭。

因為是頭嘛。靠近看很噁心，好像也沒有人在收購，所以沒必要帶回去。

因此，我經過的路上沒有半獸人的屍體，而是只散落著半獸人的頭。

一邊收納半獸人一邊走回來的我依然穿著白熊服裝進行短暫的休息。

感覺魔力恢復到一定程度以後，我重新換回黑熊服裝。

應該沒有人看見吧。

那麼，來去狩獵飛龍吧。

我騎到熊急身上，朝著飛龍跑過去。

飛龍到現在都沒有移動。

是不是有什麼理由呢？

我一接近飛龍群就知道理由了。

「在睡覺嗎？」

我緩緩靠過去確認，所有的飛龍都在睡覺。

雖然不知道原因，我還是要在牠們睡醒之前打倒牠們。

我從熊急身上爬下來，慢慢接近正在睡覺的飛龍。然後，我一隻一隻地砍下牠們的頭。

過程簡單到甚至令人失望。

身旁的同伴都被斬首了，飛龍還是沒有醒來。

打倒所有的飛龍以後，我把屍體一一收進熊熊箱。

這麼簡單就獲得飛龍的素材沒關係嗎？

算了，我決定當作這次努力的報酬收下來。

將飛龍全部裝進熊熊箱的瞬間，地面開始搖晃。

「什麼？」

地面隆起來了。

我往後方跳躍。

從地底下冒出來的東西是遊戲裡也有登場的魔物。

像是巨大化蚯蚓的生物——蠕蟲。

牠張開血盆大口，爬行出來。

我使用探測技能的時候沒有發現。

也許是因為探測技能無法偵測到地底深處，也有可能是因為在飛龍下方才沒有被我發現。

蠕蟲的身體從地底下出現。蠕蟲轉頭面對我，牠的口中流下大量的口水。

蠕蟲好像把我當作獵物看待了。

「好噁心。」

巨大的嘴巴朝我發動攻擊，我往後跳著躲開。

體型這麼大，竟然這麼快。

牠是我在遊戲裡也因為很噁心而沒有打過的魔物。

如果攻擊皮膚，牠就會噴出液體，散發惡臭。而且，牠的皮膚會馬上再生，是很棘手的魔物。

可是，我現在有熊熊魔法。

我正要發動魔法的瞬間，蠕蟲的身體一扭，朝我撲了過來。

我迅速往後閃躲，巨大的軀體又向我逼近。

這是在開玩笑吧。

我整個人被彈飛，但是多虧有熊熊裝備，我沒有受到傷害。

我重新擺好架式放出風魔法，卻沒有辦法切開蠕蟲的身體。

我同樣放出火球，也全部都被彈開了。

嗯～～雖然算是故技重施，我還是決定用打倒黑蝰蛇的方法來打倒牠。

我在離蠕蟲有點遠的位置正對著牠站立。

蠕蟲張開嘴巴，爬行著逼近我。

我做出十隻火焰迷你熊。接著，讓它們衝進大大張開的蠕蟲嘴巴裡。

「去吧！」

蠕蟲可能是誤以為火焰迷你熊是獵物，主動把它們吃了下去。

牠沒有智慧。

火焰迷你熊在蠕蟲體內到處移動。同時，蠕蟲開始感到痛苦，牠的龐大身軀在地面上滾動。

因為疼痛，牠從口中流出大量的口水。雖然蠕蟲為了逃離痛苦，想要把體內的異物吐出來，火焰迷你熊卻依然在蠕蟲體內不斷移動。

我覺得這好像是對付巨大生物的最強魔法。

不管是什麼樣的魔物，只要是生物，體內都很柔軟。

蠕蟲用身體撞擊地面好幾次，接著逐漸停止動作。

「呃，這個賣得掉嗎？」

黑蝰蛇那一次，肉和皮等各種部位都可以賣。

我不想吃這種東西，皮的話我就不知道了。

就算可以拿來吃，我也不想讓菲娜她們吃到這種東西。

總而言之，我決定以後再考慮怎麼處理蠕蟲，先收到熊熊箱裡。

接下來就只剩下野狼了。

我在對付飛龍的時候沒有用到魔力，對付蠕蟲的時候也只有用到火焰的熊熊魔法。

我還有十足的魔力可以狩獵野狼。

那麼，快點打完野狼就回去吧。

我叫出熊急，朝野狼群前進。

就結論來說，野狼的狩獵很簡單地結束了。

辛苦的是把打倒的野狼收進熊熊箱的過程。

雖然放著不管也無所謂，但是考慮到缺乏糧食的孤兒院就讓我覺得很浪費，所以我決定好好回收起來。

只要放到熊熊箱裡，就不用擔心會腐壞。

我請熊緩和熊急幫忙回收屍體。

回收完所有的魔物以後，我便騎著熊急離開充滿血腥味的森林。

空氣好新鮮。

我看看天空，發現已經是夕陽西斜的傍晚時分了。

比起勉強回去，是不是住個一晚會比較好呢？

我從熊熊箱裡取出旅行用的熊熊屋，在這裡過一夜。

不知道為什麼，肉體受到的疲勞明明很少，我卻覺得非常疲憊。

是精神上的疲勞嗎？

我簡單地吃了晚餐並洗過澡，然後隨著睡意的驅使倒到床上，進入夢鄉。

68 熊熊進行交涉

早上一醒來，已經是日出的幾個小時以後了。

雖然有點睡過頭，但我並不急著回去。

我悠閒地吃完早餐並走出戶外，就見到了熟悉的面孔。

「克里夫？」

「這個熊造型的房子果然是優奈的。」

「你怎麼會在這裡？」

「那是我要說的話，我當然是正在前往王都的路上了。」

我往周圍看去，發現有五名克里夫的護衛。

我記得自己曾在克里夫的宅邸見過他們。

他們沒有使用馬車，所有人都騎著馬。

像這樣子趕路，對諾雅來說很難受。所以他才會把護衛的工作交給我，讓女兒先前往王都吧。

「我是來迎接你的。但已經沒有必要了，所以我正要回王都。」

「來迎接我？」

「這附近有魔物群出現。因為這樣，諾雅很擔心你，所以我才會來迎接你。」

「可是，妳說已經沒有必要……是什麼意思？」

「…………」

我覺得回答這個問題會造成我的麻煩。所以，我選擇保持沉默。

「優奈，回答我的問題。」

克里夫向我尋求答案。

我打倒一萬隻魔物的事情要是傳開了，肯定會變成大事一樁。那樣的話，我平穩又寧靜的生活就有可能徹底毀掉。

嗯～～該怎麼辦才好呢？

「也對，如果是打倒過黑蝰蛇的妳，應該也可以打倒成群的魔物吧。」

在克里夫的心中，打倒魔物群的人似乎已經變成我了。

要是知道了那些魔物的數量，他不知道會有什麼表情。

可是，這時候如果不否認，到了王都就麻煩了。只要回到王都，他就會知道魔物的數量。

早知道就不要住一晚，直接回去了。

真想告訴昨天的我。

因為我無法回到過去，所以也只能想想辦法了。

「克里夫你是貴族，地位很高吧。就算做了一兩件壞事，應該也可以湮滅證據吧。」

「我說妳啊，到底把我當成什麼了？我怎麼可能做出那種事。」

「不行嗎？你不是貴族嗎？」

「我是不知道妳心裡對貴族有什麼想法，但我可不會做那種事。」

「…………」

真是沒用。我本來還以為貴族可以掩蓋住一兩件壞事的。

「簡單來說，妳有什麼希望我隱蔽的事實嗎？」

他用不太想問的神情問道。

對於他的問題，我輕輕點頭。

克里夫小小地嘆了一口氣。

「妳說說看吧。」

我瞄了一眼克里夫的護衛。克里夫可能是注意到我的視線，再度嘆了一口氣，然後望向護衛。

「你們在這裡休息。優奈，我可以進去這棟熊造型的房子嗎？」

看來他好像願意在熊熊屋裡面和我談。

我答應克里夫，帶著他走進熊熊屋裡面。

「雖然外觀令人驚訝，但內部也很誇張呢。」

他看著熊熊屋內部，脫口說出這種感想。

「雖然我也想問關於這棟房子的問題，但現在還是先聽妳想說的吧。」

我給克里夫一杯冰果汁，開始說出關於魔物的事。

有一萬隻魔物出現。為了打倒這些魔物，冒險者和王都的騎士正要動身。

諾雅擔心前來王都的克里夫，差點哭出來。我因此而來迎接克里夫，可是，我在途中發現一萬隻魔物，然後，我一個人打倒了那些魔物。

魔物有一萬隻，甚至有飛龍和蠕蟲。

我說我想要當作這件事情沒有發生過。

克里夫聽我說話的時候，有時候會抱著頭，或是用手指不斷敲著桌子。

「我現在非常後悔聽妳說話。不過，我同時也很感謝妳，我向妳道謝。」

克里夫對我輕輕低下頭。

在小說或漫畫的劇情裡，貴族對平民低頭應該是很稀奇的。

「這是為了諾雅，你不用放在心上。」

「這樣啊，那我可得好好感謝諾雅。所以，妳希望我不要把妳打倒魔物的事情說出去吧。」

「因為我不想引人注目呀。」

「為什麼？妳可以成為英雄喔，還可以得到金錢和名譽呢。」

「我沒興趣，我只想要平靜又快樂地生活。所以，我想要當作沒有發生過這件事。」

「不過，一萬隻魔物中還有飛龍和巨大蠕蟲啊，真令人不敢相信。」

「那你要看看嗎？」

拿給他看可以增加現實感，應該能夠讓他相信。

「也好。總而言之，我要先派部下去森林裡調查。現在的情況，只是妳口頭上說說而已。」

如果我說得沒錯，森林裡就會躺著哥布林的屍體。

克里夫一走到門外就命令護衛搜索森林。

「確認到哥布林的屍體就回來吧。」

我告訴他們大致上的方向，護衛們前往森林裡。

「那麼，把妳狩獵到的魔物給我看吧。」

我在克里夫的部下身影消失之後，把所有的飛龍都拿出來。

克里夫的臉轉為驚訝。

我接著拿出蠕蟲的屍體。

克里夫臉上的表情變成了驚愕。

我繼續拿出數量眾多的半獸人。

「妳可以不用再拿了。」

「還有野狼耶。」

「不，已經夠了，收起來吧。」

因為克里夫這麼說，我把拿出來的魔物一一收起來。

再看一次蠕蟲還真噁心。我不喜歡昆蟲，身為家裡蹲的我，最後一次接觸到蟲是幼稚園的時候，這樣的我根本不可能喜歡昆蟲。

我把魔物全部收進熊熊箱之後望向克里夫，他正按壓著額頭。

「我真希望這是在開玩笑。」

「可不可以乾脆保密？」

「根據妳說的話，冒險者和王都的士兵都正要趕過來吧。他們一定會大吵大鬧地猜是誰打倒的。」

「你想想，反正當時沒有人看見，只要不說出去就不會有人發現是我了吧。」

「我說妳啊……」

克里夫露出傻眼的表情。我說的話有那麼奇怪嗎？

就算保密，也不會造成任何人的困擾。魔物已經消失，威脅也沒了。我不覺得有什麼問題。

「最少也要向公會會長報告才能收拾這個局面啊。」

人到了現場卻找不到魔物的作戰好像不可行，我覺得這個點子還不錯的說。

克里夫一個人替我想了很多。

「總之就先聽聽我派到森林裡調查的人帶回來什麼報告吧。」

過了一段時間，護衛的人們從森林裡回來了，聽了報告的克里夫做出今天不知道做了幾次的按額頭的動作。這應該不是我的錯吧。

經過思考的結果，他好像要去找應該正在往這裡前進的公會會長談話。

莎妮亞小姐會願意幫我保密嗎？

接下來就只能聽天由命了。

我決定和克里夫一起前往王都。

因為要配合馬的速度，和去程的時候不一樣，速度會變慢。

我們騎著馬跑了半天，遇到了公會會長一行人。

而且剛好是他們正在休息的時候。

我為了不要驚擾到冒險者而把熊緩叫回來，請克里夫用馬載我，和公會會長一行人會合。

他們之中有知道我這個人的冒險者和不知道的冒險者，他們的視線投射在我身上。

「哎呀，這不是逃出去的優奈嗎？」

我一遇到公會會長莎妮亞小姐，就馬上聽到她對我說這句話。

看來我的行為好像被當成逃跑了。

也是啦，我的打扮這麼顯眼，從城門出去的事情也會被發現吧。

如果這麼一想，別人會以為我是逃出王都的人也沒辦法。

「這位是……」

「好久不見了，莎妮亞。應該有一年沒見了吧。」

「……克里夫，好久不見了。你的夫人很照顧我呢。」

「是嗎？看來她也過得還不錯。」

「話說回來，為什麼你會和優奈在一起？」

「喔，因為我女兒的委託，她是來擔任我的護衛的。」

我們決定當作是這麼回事，這樣好像比較容易繼續談下去。

「即使如此，也無法改變她逃避這次狩獵的事實。」

「別這麼說。優奈是為了我才來的，保護貴族和打倒魔物同樣是重要的責任吧。」

「我知道了。可是，我要請優奈接下來也加入狩獵魔物的行動。我們可沒有餘力讓能夠打倒虎狼和黑蝰蛇的人直接回到王都。」

「關於這件事，可以借一步說話嗎？」

克里夫露出難以啟齒的神情。

既然你這麼不想說，執行「人到了現場，魔物卻消失了」的作戰計畫不就好了嗎？

「什麼啦，這麼突然。」

克里夫帶著莎妮亞小姐移動，確認周圍沒有任何人。

「關於這件事，其實發生了令人困擾的情況。所以我們希望身為公會會長的妳可以協助我們。」

「什麼？」

看到眼神認真的克里夫，莎妮亞小姐也認真地問道。

「包括飛龍在內的一萬隻魔物，都被優奈一個人打倒了。」

「…………咦？」

聽到克里夫的話，莎妮亞小姐睜大了眼睛。

「另外，好像還出現了巨大的蠕蟲。」

「…………巨大蠕蟲？」

她一臉不可置信地反問。

「要證據的話她有，我也確認過了。在這裡拿出來會引發大騷動，希望妳可以不要聲張。」

「為什麼？拿出來不就好了嗎？」

「希望妳可以不要把優奈打倒魔物的事情說出去。她雖然作著這種打扮，本人卻說想要過著平靜的生活。」

「呃，你是在開玩笑嗎？」

「妳是指哪件事？打倒魔物的事？還是穿著這種衣服又想過得平靜的事？」

「兩者都是。」

看來，他們兩個看我都靜靜地聽著，就口無遮攔。

「所以，我們才會來找妳商量。」

「……優奈，仔細說明給我聽。」

莎妮亞小姐用認真的眼神看著我。

我說明了在森林裡發生的事。

「簡單來說，森林裡掉著大量的哥布林屍體和半獸人的頭嗎？」

「我不知道數量有多少，但是因為我不需要哥布林的屍體和半獸人的頭，所以就丟在原地了。」

「我已經派部下去確認過哥布林的屍體了，不會錯的。」

莎妮亞小姐和剛才的克里夫一樣抱頭苦惱。

「到底該高興還是困擾呢？真令人煩惱。」

「應該感到高興吧。」

「優奈，這樣真的好嗎？身為英雄，名聲、榮譽、金錢，妳都可以得到喔。」

「我不需要。」

如果要用自由來換這些東西，我就不要。

「如果是冒險者，都會想要這些東西的。」

莎妮亞小姐嘆了一口氣。

「我知道了，就往好的方向思考吧。我們在沒有人死亡的情況下打倒了魔物，但問題是誰打倒的。」

「要怎麼辦？」

「就當作是階級A的冒險者打倒的吧。然後，假裝對方把哥布林以外的素材全部帶走了。」

「妳打算讓誰來當階級A的冒險者？」

「是誰都無所謂，只要當作是不知名的階級A就可以了。」

「蠕蟲要怎麼辦？」

「那個只要保密就好。」

事情談成了。

莎妮亞小姐召集了所有的冒險者，開始說明。

「大家聽我說。有報告顯示一萬隻魔物和飛龍已經被階級A的冒險者獵殺完畢了。」

「階級A的冒險者？」

「有那種冒險者在嗎？」

「會長，那個階級A的冒險者是誰？」

「這是機密，你們應該知道有很多階級A的冒險者都是行事自由的人吧。」

聽到這句話，所有人都理解了。

階級A的冒險者都是那樣的嗎？

「根據報告內容，剩下的東西只有哥布林還留著魔石的屍體，以及半獸人的頭。所以，我們要分成返回王都的人和哥布林的後續處理部隊。」

「真的已經沒有魔物了嗎？」

「沒有。我說謊有什麼用？報酬是哥布林的魔石，只不過，肢解結束以後要把哥布林的屍體處理掉，要返回王都的人不會拿到報酬。你們自由決定吧。」

因為莎妮亞小姐的說明，高階級的冒險者幾乎都決定返回。

低階的冒險者似乎要前去尋找哥布林的魔石。

莎妮亞小姐因為要通知王都，所以好像要在確認現場之後馬上回到王都。

因此，她正在指示公會職員代替自己指揮哥布林的肢解工作。

看來打倒魔物的人似乎已經順利變成不知名的階級A冒險者了。

「克里夫，謝謝你喔。」

「不用在意。我才要向妳道謝。」

「那麼，我就先回去了喔。」

「妳不和我們一起走嗎？」

「因為靠我的熊，幾個小時就可以回到王都了。」

「是嗎？真厲害。」

我叫出熊緩，返回王都。

69 事件在熊熊不知情的時候發生了

有一名魔法師。

十年前，魔法師被放逐到王都之外。

明明只是把罪犯當成活祭品來使用魔法，他就被砍斷一隻手臂並逐出王都。

魔法師發誓要報仇。

我究竟做了什麼？

我無法原諒那個國王。

我要讓他不得好死。

我要毀了他所保護的國家。

我要破壞。

我要殺死國民。

我要創造絕望。

我要讓他活著看到自己的國家滅亡。

魔法師這麼發誓，度過了十年。

他集合了哥布林、野狼、半獸人，數量有一萬隻。

還有十隻飛龍。然後，他也學會如何操縱蠕蟲。

復仇之時終於到來。

男人欣喜若狂。

終於來到了這一步。

男人的身體很衰弱，臉上失去了生氣。

他一心想要復仇，只為了讓國王見識絕望而活。

操縱魔物的魔法會奪去男人的生命力。

不過，只要是為了復仇，他就連自己的性命都可以奉上。

首先，他想要先看看國王絕望的表情。

男人前往王都。

他入侵了城堡。

因為男人過去曾在這裡工作，所以知道一兩條祕密通道。

他在沒有被發現的情況下進入國王所在的執勤室。

「你是誰？」

「您忘了嗎？我是您十年前放逐的格爾薩姆。」

「……格爾薩姆。」

國王沒有認出身形消瘦的男人是誰。

因為他和十年前的模樣相距甚遠，也因為這個男人根本不可能出現在城堡裡。

「為什麼你會在這裡？」

「當然是為了見到您了。啊，請不要叫人來喔，我只是來找您聊聊而已。」

「聊聊？」

「現在，這附近發現有魔物群出沒，很辛苦吧。」

「為什麼你會知道這件事？」

「當然是因為那些魔物是我為了向您復仇才集合起來的。」

「你說復仇？」

「是的，復仇、怨念、恨意、憎惡，是什麼都無所謂。我只想要看見您痛苦的表情。」

「那你應該已經看夠了吧。」

國王多少有對魔物的數量感到痛苦。

因為或多或少都會造成一些傷亡。

「不，還不夠。我想要看到您因為國家被飛龍破壞，國民被半獸人侵犯、殺害，哥布林、野狼等魔物在國內肆虐並殺死孩子們的景象而被絕望擊垮的模樣。」

格爾薩姆光是說出口就感到高興。

「你這傢伙……」

「想殺我是沒用的，我怎麼可能沒有準備任何逃脫手段就過來這裡呢。」

國王停下正要拔劍的手。

「只要我發動魔法，魔物就會往王都前進，魔物恐怕會在幾天內襲擊王都吧。而且就算我死了，魔法也會發動。不管怎麼樣，您都只能眼睜睜地看著。」

「這個國家有冒險者，還有士兵和騎士，別以為這麼簡單就可以攻陷王都。」

「我當然不認為自己可以攻陷王都。就算只有一半也好，只要讓飛龍破壞城門，讓魔物從那裡進入就行了。光是如此，就不知道會有多少國民死去了呢。」

格爾薩姆的臉上浮現笑容。

「冒險者已經出發去狩獵魔物了，我也已經派兵進行準備。雖然可能會有冒險者和士兵犧牲，但我一定會保護國民。」

「冒險者是打不贏魔物的。」

「你說什麼？」

「我準備了強大的蠕蟲，冒險者應該會成為牠的美味糧食吧。而且，牠還會為了找尋更多獵物而來到王都。」

「你這混蛋！」

「如果不打倒蠕蟲，就無法打倒哥布林和野狼，這個國家會被毀掉。這麼一來，我就可以看到您痛苦的表情了。」

「別開玩笑了！」

「我沒有在開玩笑。我賭上性命創造出來的魔法……咳咳。」

格爾薩姆的口中吐出鮮血。

「這種操縱魔物的魔法呢，實在是沒有什麼通融的空間，它會奪走我的魔力和生命力。雖然很可惜沒有辦法把您痛苦的模樣看到最後，但我會一直享受到途中的。」

格爾薩姆發動了魔法。

魔法奪走了他所有的魔力。

也奪走了格爾薩姆僅剩的生命力。

「格爾薩姆！」

「這樣一來蠕蟲會覺醒，飛龍和魔物們也會朝王都前進。我會在某個地方欣賞您痛苦的表情和王都遭到破壞的樣子。」

格爾薩姆雖然痛苦，還是帶著笑容失去了蹤影。

「格爾薩姆！」

這段叫喊沒有傳到格爾薩姆耳裡。

「發生什麼事了嗎國王陛下！」

近衛兵聽到國王的叫聲，趕了過來。

「馬上叫詹古過來。」

「是！」

近衛兵敬禮之後跑了出去。

很快便有一名留著鬍子的年長男性走進了辦公室。

他是這個國家的宰相——詹古。

「國王，您叫屬下嗎？」

「馬上召集騎士、士兵和魔法師去狩獵魔物。」

「現在艾蕾羅拉正在準備。」

「告訴他們魔物中有蠕蟲，叫他們擬定對策。」

「蠕蟲是嗎？」

「沒錯。再這樣下去，王都就要有大批冒險者白白送命了。」

「國王陛下，請問這個情報是從哪裡傳來的呢？」

「現在沒有時間了。我等一下再說明，所以快點處理。」

「是。」

詹古趕緊走出辦公室。

「一定要趕上啊。」

雖然國王這麼想，卻不知道要光打倒蠕蟲會造成多少傷亡。

格爾薩姆應該是看準了人潮眾多的誕辰慶典下手。

如果沒能打倒，就會出現非常多的被害者。要是不快點派出有實力的騎士和魔法師，那就大事不妙了。

冒險者先從王都出發，騎士、魔法師、士兵則是隔天出發。

格爾薩姆出現後過了幾天，一個驚人的報告傳到國王耳裡。

階級A的冒險者把所有的魔物都打倒了。

國王啞口無言。

這份報告來自於冒險者公會的會長寄來的信。

是可以信任的情報來源。

國王雖然放心下來，卻不知道階級A的冒險者是誰。

是湊巧經過現場的嗎？

雖然還留有許多疑問，但危險已經消失了。

接下來就只剩下找出身在王都某處的格爾薩姆了。

不過，國王一個人待在執勤室的時候，格爾薩姆神不知鬼不覺地出現了。

「這是怎麼回事？為什麼士兵和冒險者回來了？」

格爾薩姆用冰冷的低沉音調向國王問道。

「據說你準備的魔物全部都被階級A的冒險者打倒了。」

「階級A的冒險者？那是不可能的，高階的冒險者應該待在遠處。因為我就是這麼設計的。」

「我不清楚，我只是看到公會會長在書信裡這麼報告而已。」

「胡說八道。咳咳！」

格爾薩姆吐血。

「我的復仇就要在什麼都沒有做到的情況下結束了嗎？就因為那個不知道是誰的冒險者。我的計畫應該很完美才對……」

格爾薩姆用充滿絕望的表情瞪著國王。

「為什麼？為什麼你在笑？」

「到此為止了。」

國王拔劍，斬殺格爾薩姆。

現在的格爾薩姆無力閃避，也沒有想到要閃避。

只有沒能完成復仇的思緒占據了他的心。

國王呼喚近衛兵，命人處理格爾薩姆的屍體。

「我可得盡力答謝那名冒險者才行。」

因為對方保護了王都、國民、冒險者和士兵的性命。

70 熊熊見國王

一個人先行回來的我為了迎接菲娜而前往諾雅的家。

王都內現在還是一陣騷亂。

可是，再經過一段時間就會有人騎著快馬趕來，所以應該就快平靜下來了。

我一來到諾雅的家，和我一起做過花壇的史莉莉娜小姐便帶我到客廳。

過了一陣子，我聽到奔跑過來的腳步聲，房門被用力打開了。

「優奈姊姊！」

「優奈小姐！」

菲娜和諾雅兩個人衝進房間。

「妳們兩個都沒事吧？」

「優奈姊姊才是，妳沒事吧！」

「我沒事，魔物全部都被打倒了。」

我沒有說是我打倒的。

「優奈小姐，那父親大人呢？」

「克里夫會和冒險者們一起過來，所以沒問題。」

「真的嗎？」

諾雅恢復了笑容。

太好了，小孩子還是最適合笑容了。

「諾雅也是，謝謝妳幫我照顧菲娜。」

「不會，我們是朋友，這是當然的。」

「諾雅大人……」

菲娜看起來很開心。

我打倒魔物之後過了幾天，冒險者和士兵都已經歸來了。

與他們一起行動的克里夫也順利抵達，和諾雅等家人再會。

自稱公會職員的人來到我這裡，叫我到冒險者公會報到。

「歡迎妳來，優奈。」

我在莎妮亞小姐所在的辦公室和她獨處。

「所以，有什麼事嗎？」

「嗯，發生了一件有點令人困擾的事。」

她別開視線，繼續說下去：

「國王陛下說想要見到妳，或者應該說想見虛構的階級A冒險者。」

「國王……可以拒絕嗎？」

「可是他說無論如何都想見妳，甚至還叫我告訴他妳的名字呢。啊，我當然沒有把妳的事說出去。」

「國王等於麻煩事」的公式在我腦中成立。

「莎妮亞小姐，謝謝妳的照顧。我要出門旅行了，請不要來找我。」

我試著唸出經常出現的老哏句子。

「等一下，逃跑的話會被當成通緝犯喔。妳要是逃跑，我就說出妳的名字。」

「妳在威脅我嗎？」

「我是希望彼此可以找到平衡點，妳不想要打倒魔物的事情曝光對吧？」

「是啊。」

「那麼，只告訴國王陛下怎麼樣？我會拜託國王陛下不要告訴任何人。」

「可以做到那種事嗎？」

對方可是一國之王。

他會答應這種要求嗎？

而且，他願意在不帶護衛的情況下和身分不明的冒險者見面嗎？

「因為國王陛下是守信的人，所以只要他答應就有可能。」

「如果他不答應呢？」

「妳可能會被盛大地奉為英雄，被授予勳章之類的。或是在誕辰慶典的時候站在國王陛下身旁握手。」

「呃，請問要走多遠才可以到別的國家？可以的話，希望是這個國家的權力干涉不到的遠方。」

因為有傳送門就可以見到菲娜等人，所以沒問題，只不過是住的地方改變罷了。

「我說優奈，妳可以空出一天的時間嗎？如果國王陛下答應妳的要求，妳就去見他好不好？在這之後再逃出王都也不遲吧。」

的確，如果我有可能被奉為英雄，到時候再逃走就好。

我勉強答應莎妮亞小姐的提議，走出公會。

從冒險者公會回來的我悠閒地和菲娜在一起時，莎妮亞小姐在傍晚的時候來到熊熊屋了。

「抱歉在這種時候來打擾。」

「沒關係，已經和國王陛下談好了嗎？」

「是呀，國王陛下似乎願意一個人和妳見面。」

「真的是國王陛下一個人嗎？他是國王陛下耶，是這個國家地位最高的人耶，如果我是殺手的話怎麼辦？」

「我基本上也會在場喔。而且，國王陛下好像無論如何都想要向打倒魔物的人當面道謝。所以，他接受了我全部的要求。」

對方都做到這個地步了，我也無法拒絕。

「那我要什麼時候去見他才好？」

「明天早上，我會來接妳的。」

我接著問出一個很重要的問題：

「我可以穿成這個樣子過去嗎？不行的話，我就要趁今天晚上離開王都了。」

要是沒有穿著熊熊裝備，發生什麼萬一的時候，我就逃不掉了。

「沒問題。我有問過國王陛下，如果對方穿著奇怪的衣服，是否還願意見面。結果，國王陛下回答沒有關係。」

既然莎妮亞小姐已經做到這個地步，我也只能點頭了。

我帶著仍舊沉重的心情迎接隔天。

雖然我祈禱著莎妮亞小姐不要來，願望卻沒有傳遞到天上，她還是來迎接我了。

我拜託菲娜看家，便和莎妮亞小姐一起前往城堡。

我們一進入城堡，就見到了現在不想見到的人。

「哎呀，優奈，連莎妮亞也在呀。妳們兩個怎麼會過來這裡？」

我們在城堡內撞見艾蕾羅拉小姐了。

我們有十足的可能性遇到在城堡工作的艾蕾羅拉小姐。

可是，竟然在寬闊的城堡中遇見她，時機也太差了。

「我和優奈有點事要到城堡裡辦。」

不只是和克里夫說話時，莎妮亞小姐對艾蕾羅拉小姐說話時的語氣也很輕鬆。

「哎呀，這樣呀。妳們要去哪裡，我也一起去吧。」

「這……」

「哎呀，不用跟我客氣，我很閒的。」

「妳的工作沒關係嗎？」

「因為我的部下很優秀，沒問題的。」

聽到這句話，莎妮亞小姐很困擾。

當然了，我也很困擾。

看到我們兩個人的表情，艾蕾羅拉小姐笑了出來。

「呵呵，對不起。妳們兩個不要露出這麼困擾的表情嘛。我已經聽克里夫說過關於魔物的事情了，我當然沒有跟任何人說，所以不用擔心。妳們正要去國王陛下那裡吧。」

我明明就叫克里夫保密，他卻洩漏出去了，口風真鬆。

「妳太壞心眼了吧，艾蕾羅拉。」

「因為優奈都不跟我說嘛。」

「我有什麼辦法，因為艾蕾羅拉小姐是城堡裡的相關人士啊。」

「那也用不著連克里夫的嘴都封住吧，我費了好大一番力氣才撬開他的嘴耶。」

原來克里夫有努力過。

這樣我就沒辦法生他的氣了。

可是，她是怎麼撬開克里夫的嘴的？

「既然妳也聽說了，真的要一起來嗎？」

莎妮亞小姐向艾蕾羅拉小姐問道。

「嗯，我要去。我有聽克里夫說過，應該可以幫上忙。」

變成三個人的我們前往有國王在的執勤室。

入口處有近衛兵站崗。

近衛兵好像已經聽說有人要來訪，一看到莎妮亞小姐就放我們進去了。

他看到我的時候似乎想要說些什麼，卻還是不發一語地讓我進入辦公室了。

「來了啊……」

我一進到執勤室就看到一名年過四十的帥氣大叔。

這個人就是國王嗎？可是，他不像漫畫一樣帶著王冠。

國王一看到我就閉上了嘴。

「艾蕾羅拉也在啊。」

「因為打倒魔物的冒險者是我認識的人嘛。」

艾蕾羅拉小姐看著我。

就像是配合她的眼神，國王的目光再度轉向我。

「話說回來，聽說有人會帶階級A的冒險者過來，這個穿著奇怪衣服的女孩是怎麼回事？」

「國王陛下，非常抱歉。其實並沒有什麼階級A的冒險者，獨自打倒魔物群的就是這個女孩。因為我認為即使說是這女孩打倒了魔物，也不會有人相信，所以才假裝是階級A的冒險者所為。」

莎妮亞小姐在報告這次事件的同時表達歉意。

「我沒有空聽妳開玩笑，冒險者什麼時候要來？」

國王生氣了。

這是正常的。

突然聽到打倒魔物的人不是階級A的冒險者，而是打扮成熊的女孩子，他當然會生氣了。

「就是因為如此，我才不希望讓兩位見面。國王陛下，這是事實，也只能請您相信了。這件事，身為公會會長的我可以保證。」

「我也可以保證。」

艾蕾羅拉小姐也贊同莎妮亞小姐所說的話。

「妳也一樣嗎？」

國王先看了一眼艾蕾羅拉小姐，然後把視線移到我身上。

「真的是妳打倒的嗎？把那頂奇怪的帽子拿下來說說看吧。」

我因為太緊張，在國王面前也沒有脫掉熊熊連衣帽。

我把熊熊連衣帽脫掉，向他打招呼。

「我是冒險者優奈。」

「妳還只是個小孩子吧，真的是妳一個人打倒超過一萬隻的魔物的嗎？」

雖然我很嬌小，但我今年十五歲。

「莎妮亞，魔物屍體的確認怎麼樣了？妳應該有確認過吧。」

「哥布林和半獸人已經確認過了。」

半獸人是指那些頭顱的事情嗎？

「其他的野狼和飛龍，還有蠕蟲去哪裡了？」

聽到蠕蟲這個詞，莎妮亞小姐很驚訝。應該只有我和克里夫、莎妮亞小姐知道蠕蟲的存在才對。

「國王陛下，請問您是從哪裡聽說有蠕蟲的呢？」

「是引起這場魔物騷動的本人說的。」

「那是……」

「現在先別說這個了，到底怎麼樣？」

「那些狩獵到的魔物都在她的道具袋裡面。」

「妳說道具袋？」

「她的道具袋是最高等級的道具袋。」

「這個女孩有那種東西？」

「是真的，克里夫確認過了。」

「真是令人不敢相信。不過，魔物的威脅已經消失了是事實，妳們對我說這種謊話也沒有好處。」

國王稍微思考了一下，緩緩靠近我，站在我的面前。

好近，我應該不能後退吧。

我站著不動，國王的雙眼就直直地看著我。

「謝謝妳。妳救了住在王都的國民、冒險者和士兵的性命，我向妳道謝。」

雖然沒有低頭，國王還是對我說出了感謝的話。

「……不會，反正打倒魔物只是順便而已。」

「……順便？」

糟糕，因為不知道怎麼回答，我忍不住說出真心話了。

「呵呵呵，是呀。優奈她呀，是為了我的女兒才打倒魔物的喔。」

艾蕾羅拉小姐臉上浮現笑容，抱住了我。然後，她很愉快地開始說出我打倒魔物的理由。

「就因為小女孩差一點哭出來，她才去打倒魔物的嗎？」

國王的表情很傻眼。

「哎呀，這個理由就很夠了吧，為了想要保護的事物戰鬥。」

「我知道。只不過，策劃這起事件的人要是聽到了，應該會死不瞑目吧。」

「「策劃？」」

莎妮亞小姐和我的聲音重疊在一起。

「是啊，告訴身為當事人的妳們應該沒關係。」

國王向我們說明，這起魔物襲擊未遂事件是一個男人為了復仇所做出的事。

操縱魔物的魔法，原來還有那種東西啊。

在遊戲裡面，玩家也可以藉由馴服魔物讓魔物成為自己的同伴。

不過聽起來好像不太一樣。

我根本不知道有會消耗生命力的魔法。也對，遊戲並沒有這麼詳細的設定。

可能是這個世界的禁忌魔法吧。

我正在想著這些事的時候，房門外開始騷動起來。

「不可以，芙蘿拉大人，裡面有客人在。」

房門稍微開啟，聲音傳了進來。

「不要，我要看熊熊。」

「拜託您聽話。」

「不要～～」

「怎麼了？」

「芙蘿拉大人說想要見熊熊。」

近衛兵打開門說明的瞬間，她就利用嬌小的身體鑽進房間裡了。

「熊熊！」

芙蘿拉大人抱住了我。

「見到妳了。」

她很高興地用頭摩擦我的腹部。

「怎麼，妳認識芙蘿拉嗎？」

「她之前和我一起來城堡的時候見過芙蘿拉大人。」

艾蕾羅拉小姐代替我說明。

「那個熊的繪本該不會是……」

「你看過了嗎？那是優奈畫的喔，畫得很好吧。」

「怎麼說呢，那些畫很可愛。我問芙蘿拉是誰畫的，她也只回答是熊熊。不過，這樣我就懂了。」

國王重新望向我。

我就是熊熊，有問題嗎？

「熊熊，來玩嘛。」

「嗯～～怎麼辦呢？」

我看著其他人。

「事情已經談完了，沒關係。之後可能會再聯絡妳，把聯絡方式告訴我吧。」

「那樣的話，我來負責當聯絡人吧。」

艾蕾羅拉小姐替我扛下責任。

「另外，我也要和克里夫談談。告訴他，我之後會叫他過來。」

看來克里夫要被國王叫出來了。

我在心中對克里夫道歉。

可是，這次的事情好像可以順利解決了。

我看著抱著我的芙蘿拉大人。

結果，她的小小肚子發出了「咕嚕～～」一聲可愛的聲音。

「芙蘿拉大人，妳肚子餓了嗎？」

「嗯。」

距離午餐還有一段時間。

熊熊箱裡還放著布丁。

這點東西應該沒關係吧。

可是，我可以拿東西給公主殿下吃嗎？

「呃，請問我可以送食物給芙蘿拉大人嗎？」

雖然我覺得大概不行，還是姑且確認了一下。

「沒關係。」

可是，我得到了意料之外的回答。是食物耶，有可能是危險的東西耶。

這麼簡單就允許真的沒關係嗎？

要是我對她下毒的話要怎麼辦？

「雖然我這麼問，但真的可以嗎？要是裡面有毒的話……」

「怎麼，妳要對她下毒嗎？」

「我不會那麼做。我只是在想既然是王室，應該會更小心一點才對。」

「妳是艾蕾羅拉和莎妮亞信任的人，我不需要擔心那種事。」

算了，既然人家無所謂就好。

「那麼，芙蘿拉大人，我們到房間去吧。」

「嗯。」

芙蘿拉大人的小手握住我的熊熊玩偶手套。

「就在這裡吃吧。這樣一來，妳也不會有什麼奇怪的嫌疑。」

我們正要走出辦公室，就被國王制止了。

雖然這麼說的確沒錯，但我實在不想在國王面前拿出布丁。

可是，現在已經不得不拿出來了，被冠上奇怪的嫌疑也很麻煩。

我請芙蘿拉大人坐在辦公室裡的沙發上，從熊熊箱裡拿出布丁和湯匙。

「芙蘿拉大人，這個請妳吃。」

「這是什麼？」

「是又冰又甜的好吃點心喔。」

芙蘿拉大人用小小的手拿起湯匙，把布丁送到嘴裡。

這個瞬間，芙蘿拉大人的表情就像是花朵綻放一般轉變為笑容。

芙蘿拉大人一口接一口地把布丁吃進嘴裡。

看來她好像很高興。

「好吃嗎？」

「嗯。」

她輕輕點頭。

笑容真可愛。

我想要撫摸她的頭，便忍不住摸了公主殿下這名王室成員的頭。

可是，沒有任何人責備我。

「怎麼，真的那麼好吃嗎？」

國王好像很在意女兒吃得津津有味的布丁。

「優奈，我也好想再吃一次喔。」

艾蕾羅拉小姐露出很想吃的表情望著我。

「艾蕾羅拉吃過嗎？」

莎妮亞小姐這麼問，目光卻放在布丁上面。

妳該不會也一樣吧。

「是呀，她以前有請我吃過。味道又甜又冰，很好吃喔。」

所有人的眼神都交互看著布丁和我。

「呃，你們要吃嗎？」

「嗯，我不客氣了。」

「謝謝妳，優奈。」

「我也可以吃嗎？」

總而言之，我拿出了三個布丁。

布丁只剩下五個了。

這下子為了做布丁，我可能必須先回克里莫尼亞拿一次蛋了。

「這是什麼？」

「嗯～～真好吃。」

「哎呀，真的很好吃呢。」

三個人都和芙蘿拉大人一樣吃得津津有味。連他們三個人都喜歡，真是太好了。

這個時候，我感覺到一股視線，芙蘿拉大人緊緊盯著我看。

她看著空了的杯子和我。

「這是最後一個了喔。要是吃太多，會吃不下午餐的。」

「嗯！」

我先叮嚀她，再拿出一個布丁給她。

「話說回來，城裡有賣這麼好吃的東西嗎？」

「我也不知道有這種東西。」

「那當然了，因為這是優奈發明的點心嘛。」

雖然艾蕾羅拉小姐代替我說明，但這其實不是我發明的東西。

可是，我也不能說是用地球的知識做出來的點心。

「是嗎？不過還真好吃。」

「真的很好吃。」

「知道食譜的話，我這裡的廚師也做得出來嗎？」

「做得出來喔。」

我不想告訴別人。

「不行啦，優奈想要讓孤兒院的孩子們用這種食物開店呢。」

「這話怎麼說？」

艾蕾羅拉小姐可能是從克里夫那裡聽來的，開始說出我在城市裡所做的事。

我在城市裡照顧孤兒院，生產作為布丁材料的咕咕鳥蛋。

如果孤兒院的孩子們之中有人想要做料理，我打算讓他們開店。

「為什麼妳知道得這麼清楚？」

「我是從克里夫那裡聽來的。從克里夫到這裡來，我就馬上問了。優奈的事情讓我們聊得很熱絡，我聽到了很多事蹟呢。」

這下子可不能不找克里夫談一談關於個人資料的問題了。

「那我就不問妳食譜了。可是，偶爾帶點心過來，我女兒也會高興的，拜託妳了。」

那樣的話，應該沒關係。反正還有熊熊傳送門，我可以隨時過來。

「艾蕾羅拉，妳去安排讓優奈可以隨時進入城堡吧。」

「好，我知道了。」

為了讓我拿布丁過來，我的公會卡被輸入了城堡的通行證。

這樣好嗎？

71 熊熊為了拿蛋而回到克里莫尼亞城

沒有蛋了。
這是個大問題。
我吃不到荷包蛋和炒蛋了。
也沒有辦法做雞蛋三明治和布丁。
這可是一大問題。
我必須盡快補充才行。
所以……
「菲娜，我要回克里莫尼亞，妳要一起回去嗎？」
「耶？」
菲娜回應了奇怪的聲音。
「因為沒有蛋了，我想要去孤兒院一趟。」
「優奈姊姊，妳要回去了嗎？」
用傳送門輕鬆地回去。

「是啊。妳也可以繼續在王都觀光，怎麼樣？」
「我要回去，我可以去向諾雅大人道別嗎？」
「喔，不用了啦。反正今天之內就會回來了。」
「…………？」
菲娜輕輕歪著頭。
「也就是說，我們現在要回城裡，然後在今天之內回到王都嗎？」
「是啊。」
我總覺得談話好像兜不攏。
「快的話，下午就可以回來了。」
「優奈姊姊，那樣熊緩和熊急太可憐了。我就算沒有蛋也沒關係，所以，請不要做出那麼過分的事。」
「…………？」
這次換我歪頭了。
「我要用熊熊傳送門移動，所以不用騎熊喔。」
「熊熊傳送門？」
這次又換菲娜歪頭了。
啊，我還沒有跟菲娜說明過呢。

「抱歉，因為菲娜妳一直跟我在一起，我還以為我有說過。因為有熊熊傳送門，我們一瞬間就可以回到城裡了。」

「…………優奈姊姊，我聽不懂妳在說什麼。」

我也這麼覺得。突然聽到別人說什麼傳送門、可以在一瞬間移動，也只會讓人感到困惑。

我要是在現實世界聽到這種話，也會覺得這個人應該是腦袋有問題吧。

我連這個世界到底有沒有傳送魔法都不知道，如果沒有的話，菲娜會這麼說也是理所當然的。

「呃，我有個問題想問妳。這個國家有傳送之類的，可以一瞬間在兩個地點之間移動的方法嗎？」

「…………」

「比如說一瞬間從王都前往其他城市的魔法之類的。」

「我從來沒有聽說過。」

我想也是～

嗯～把傳送門的事情告訴菲娜沒關係嗎？

菲娜又不是會到處張揚的孩子。

算了，反正就算被其他人知道，也只有我能使用傳送門，設置的地點也在熊熊屋內，所以我得出了沒問題的結論。

「菲娜，我相信妳。」

「呃，什麼？」

她歪著頭點頭。

我前往倉庫，設置熊熊傳送門。

「我記得城裡的倉庫也有這個門。」

雖然放在倉庫裡，我卻沒有跟菲娜說明過。

因為我們已經相處很長一段時間了，所以我一直以為自己有說過。

「這扇門和克里莫尼亞的門是相通的。」

「優奈姊姊，就算是我也不會受騙的。如果走這扇門就可以到有媽媽在的城市，大家就不用那麼辛苦了。」

她說得一點也沒錯。

「總而言之，去就知道了。」

我牽起菲娜的手，打開熊熊傳送門。

門的對面是克里莫尼亞城的熊熊屋倉庫內。

「優奈姊姊！」

菲娜的臉上浮現驚訝的表情。也對，一般人都會驚訝的。

「不可以告訴任何人喔。還有，如果沒有我在就不能移動了。」

從倉庫走出來就可以來到令人懷念的克里莫尼亞城。

「現在這個時間，堤露米娜小姐應該在孤兒院，我們走吧。」

我們倆前往孤兒院。

「熊姊姊。」

我們來到孤兒院附近，在外面玩的孩子們就跑過來了。

他們是我擅自稱呼為幼年組的孩子們。

他們雖然還小，卻會照顧比自己更小的孩子，是一群很了不起的孩子。

一個人發現我之後，就陸續有第二個人、第三個人向我跑過來。

我的身邊有愈來愈多孩子。不知道是不是錯覺，我覺得小孩子好像增加了。

「大家都沒什麼事吧？」

「嗯，我們沒事。」

「我們有乖乖工作喔。」

我摸摸大家的頭。

「堤露米娜小姐在嗎？」

「嗯，她和老師在一起。」

我叫大家去開心地玩，自己則走向孤兒院。

我走進室內，發現院長、堤露米娜小姐和莉滋小姐三個人正在喝茶。

「媽媽。」

「菲娜，還有優奈，妳們已經回來了嗎？」

「我們馬上就要回王都了。因為我想拿蛋，才會回來一趟。」

「蛋？」

「還有蛋嗎？」

「因為這些蛋全部都是優奈的東西，所以有是有。妳該不會只為了這件事就從王都回來了吧？」

也對，如果不知道熊熊傳送門，當然會這麼想了。

「呃，是的。我請熊緩和熊急努力跑回來了。」

「優奈的召喚獸有那麼快嗎？」

因為我無法回答，所以只好隨便蒙混過去。

「哎，因為是召喚獸嘛。」

我說著好像有回答，又好像沒有回答的答案。

「那妳什麼時候要回王都？」

「早一點的話，今天就回去。」

「真早呢。」

「如果要等到明天才有蛋的話，明天再回去也可以。」

「我想想，妳想要多少？」

「一兩百顆，愈多愈好。」

「那明天可以嗎？今天有一百顆，明天應該可以準備更多。」

我答應了。

「那麼菲娜，我們明天出發，妳今天可以和堤露米娜小姐待在一起。如果妳要就這麼回到城裡也沒關係。」

「不，我也要回到王都。因為我還沒有向諾雅大人道別。」

「那麼，我們明天就在孤兒院這邊見面吧。啊，我另外還有事情要拜託堤露米娜小姐和大家。」

「什麼事？」

「大概一個月之後會有一個賣馬鈴薯的人過來，可以請妳們幫忙收貨嗎？我已經付了預付款，剩下的錢就從賣蛋的收入裡扣除吧。」

「馬鈴薯？偶爾會看到有人賣，但我聽說有時候會引起腹痛喔。」

原來這個城市裡也偶爾會賣啊。可是，我想要定期購入，所以沒有任何問題。

「只要不吃芽和變成綠色的部分就沒問題了。」

「是嗎？」

「所以，請妳們幫忙收一下。」

「我知道了。」

我收下今天份的蛋，離開孤兒院。

我走在街上，視線並不像在王都那麼多。

頂多偶爾會碰到小孩子對我說「有熊熊耶」而已。

我輕輕揮手，孩子就感到高興。

我回到熊熊屋，發現熊熊屋前面站著一個人。

「優奈，妳終於回來了。」

我的面前是眼神彷彿發現獵物的米蕾奴小姐。

「米蕾奴小姐？發生什麼事了嗎？」

「什麼發生什麼事，我有很多問題想要問妳呢。」

是什麼問題呢？我不記得自己有做什麼會惹米蕾奴小姐生氣的事。

「那個食物到底是什麼！」

「食物？」

「就是妳去王都之前給我的食物。」

「喔，布丁啊。」

這麼說來，我的確有給她。

「對，就是那個，那個美味的食物是……」

「話說回來，真虧妳知道我在城市裡呢。」

「沒有人不會發現妳這身裝扮的。因為商業公會的職員說有看見妳，我才會在妳的家門前等。」

米蕾奴小姐為了不讓我逃跑，緊緊地抓住我的肩膀。

雖然我可以輕鬆甩掉她，但要是那麼做，米蕾奴小姐就會吃足苦頭。

「我不會逃跑的，可以請妳放開我嗎？」

「是真的吧？」

「米蕾奴小姐，妳的個性都變了。」

米蕾奴小姐嚴肅的形象逐漸毀壞。

「這就是妳的不對了，怎麼可以給我那麼美味的東西又消失不見呢。」

我不是那個意思，我只是當作謝禮送給她而已。

「所以優奈，那個食物是什麼？」

「那是用蛋做成的食物，很高興妳這麼喜歡。」

「那麼優奈，我想和妳談談，妳要不要開店？一定會大賣的。」

我知道會大賣。

雖然不知道會是什麼時候，但我打算開店，僱用孤兒院的孩子們工作。

應該會有孩子喜歡料理，如果是布丁，小孩子只要知道做法就做得出來。

所以，我就連對克里夫和國王陛下都沒有透漏食譜。

「我剛才說過了，布丁是用蛋做成的。請問現在蛋的價格怎麼樣？」

「下降了不少喔，因為每天都可以出貨兩百到三百顆。」

看來價格正在順利地下降，批發給公會的數量也增加了。

這樣的話，只要減少批發給公會的數量，就可以開店了嗎？

現在，咕咕鳥的數量好像是四百隻左右。這是我剛才向提露米娜小姐問來的。

如果要開店，最少需要五百隻，將來希望可以有一千隻。

數量正在順利地增加中，應該不久以後就可以到達五百隻了。

只要限量販售，要開店是有可能的。只不過，問題是只有小孩子是無法經營商店的，如果沒有大人掌管就不行。

我能想到的是讓莉滋小姐或提露米娜小姐來負責，但莉滋小姐要照顧鳥和孩子們，提露米娜小姐要管理蛋。不過，她們說上午就可以做完工作，所以下午應該有時間吧。

這些事大概要找提露米娜小姐商量了。

「公會這邊也可以準備廚師喔。」

我不希望那麼做，食譜洩漏出去就傷腦筋了。

「總而言之，可以請妳先準備店面嗎？」

「為什麼？」

「因為我不太想要透漏食譜，所以廚師就不用了。」

「我知道了，妳對店面有什麼要求嗎？」

「店面的大小就交給妳決定，不過請選在靠近孤兒院的地點。另外可以的話，請找那種聚集大批人潮也不會給別人造成麻煩的地方。」

我的店搞不好會大排長龍。要是有幾百個人排隊，會給別人添麻煩的。

「在孤兒院附近？」

「要開店的話，我打算僱用孤兒院的孩子們。」

「妳要讓孤兒院的孩子們工作嗎？」

「我覺得如果可以幫助他們獨立就好了。」

「我知道了。」

「我不趕時間，所以慢慢找就好。還有，我明天就要回王都了。」

「是嗎？」

「我只是稍微回來辦點事而已。」

「就算有事要辦，這應該也不是可以輕鬆回來的距離吧。」

「因為我的召喚獸很優秀啊。」

我不能說出傳送門的事，所以利用召喚獸來開脫。

米蕾奴小姐也沒有繼續問下去。

相對地，她一臉不好意思地問了另一個問題：

「對了，優奈。我希望妳可以給我布丁，是不是不行呢？」

她用非常想要的表情拜託我。

米蕾奴小姐很照顧我。

我將熊熊箱裡放著的四個布丁拿了出來。

「我現在只剩下這些了。」

「優奈，謝謝妳。」

她很高興地收下，為了不要弄掉，她把布丁收進道具袋裡便離去。

嗯？話說回來，米蕾奴小姐稱呼我的方式好像變了？

是我的錯覺嗎？

我決定拿堤露米娜小姐給我的蛋來做布丁。

做完這件事，今天應該就會結束了。

72 熊熊找到麵包師傅 其一

隔天，我拿到蛋之後便回到王都。

這樣就可以暫時安心了。

我在熊熊屋休息時，呼喚我的聲音從外頭傳了進來。

我走到門外，看見諾雅鼓著臉頰昂首站立著。

她好像正在生氣，但是膨起來的臉頰很可愛。

「優奈小姐，妳昨天丟下我跑到哪裡去了？」

因為我不能說出熊熊傳送門的事，所以岔開了話題：

「我也可以問妳一個問題嗎？」

「什麼問題？」

「我是不太清楚，不過妳沒有事要做嗎？不用去問候其他貴族，或是為出席誕辰慶典作準備之類的嗎？」

如果是貴族，應該有很多事情要做，像是準備參加誕辰慶典的禮服之類的。

「不用喔。基本上因為母親大人住在這裡，所以不需要特地去問候。硬要說的話頂多就是在誕辰慶典的派對會場打招呼而已。但我也只要陪在父親大人和母親大人身邊就好，而且主角是姊姊大人，我只是配角。不管這個了，我想問關於昨天的事。我跟米莎一起來過了。因為米莎說她想要見到熊熊。」

那還真是對不起她們。

因為我無法說明昨天發生的事，所以老實地道歉了。

然後，為了表達歉意，我邀請米莎來跟熊緩和熊急玩。

我看著包括菲娜在內的三個人和熊緩與熊急一起玩的樣子，在家裡度過了一天。

我來到王都以後，日子一天一天過去，誕辰慶典的日期愈來愈近了。

既然誕辰慶典即將到來，克里夫等貴族也會忙著到處奔走。

本來悠閒的諾雅和米莎也變得無法外出，讓我最近變得比較常和菲娜單獨出門。

「我來王都的時候就覺得人很多了，但今天又更多了呢。」

「我還是第一次看到這麼多的人。」

「相對地，我也會受到更多注目呢。」

「因為優奈姊姊的打扮不管走到哪裡都很顯眼嘛。」

擦身而過的人一定會向我投射視線。

來到王都幾天後，我已經漸漸學會視而不見了。

說我不在意是騙人的，但人類是會習慣的生物。

只要不來糾纏我，我就會當作沒有看見。

「在意也沒有用，我們好好享受誕辰慶典吧。」

「好的。」

我們買東西吃、逛攤販，在王都裡隨意閒晃。

王都大到如果要慢慢地全部逛完，有多少時間都不夠。

可是，我也有不少收穫，得到了各式各樣珍奇的東西。

雖然也遇到了很多麻煩事，但我趁著護衛諾雅的機會來到王都也算是值得了。

「啊，這味道聞起來好香喔。」

某處飄來麵包剛出爐的香味。

「是呀，聞起來好像很好吃。」

「看來好像是從那邊的麵包店飄出來的。正好，我們去吃吧。」

我們的視線前方有麵包店的看板。

雖然空間有點小，店裡卻擠滿了人。

這些人好像都和我一樣是被這股香味吸引過來的。

我和菲娜排隊買麵包。

其他人看到我的外表雖然驚訝，卻沒有人來向我搭話。

然後等待了大約十分鐘，終於輪到我們了。

「這些麵包看起來真好吃。」

大約與我同年的女孩子正在接待客人。

她看到我的打扮嚇了一跳，但馬上用笑容面對我。

「謝、謝謝妳的誇獎。」

「那麼，請給我兩個招牌麵包。」

「好的。」

女孩將剛出爐的麵包分別遞給我和菲娜。

聞起來好香。

「好吃的話，我會再來的。」

「好的，歡迎再度光臨。」

我們邊走邊吃麵包。

菲娜也模仿我邊走邊吃，這樣是不是有點教壞小孩？

我在心中對堤露米娜小姐道歉，繼續邊走邊吃麵包。

「這可能是我吃過最好吃的麵包了。」

「是，真的非常好吃。」

軟綿綿的麵包。

我回憶起在日本吃過的麵包。

這種麵包可以做三明治，也可以加上起司做成披薩吐司，做成各種麵包應該都很美味吧。

回克里莫尼亞城以前可不能忘了買。

可是，那裡的客人那麼多，應該不能全部獨占吧。算了，反正有熊熊傳送門，我隨時都可以過來買，但是可以的話我還是想要大量收購。

在這之後，我和菲娜邊走邊吃，同時繼續在王都內觀光。

因為回程還會再經過那家麵包店附近，所以我決定去買作為明天早餐的麵包再回去。

菲娜也贊成這個提議，因為那個麵包很好吃嘛。

希望店還開著。

我們來到麵包店附近，卻沒看到有客人在。該不會是已經打烊了吧？

我們為了確認而走到店門前，卻聽見了女性的叫聲。

「別這樣！」

我們從打開的門看進去，發現有一名三十幾歲的女性正在大叫。

那名女性的後方有賣麵包給我們的女孩子。

現在是什麼狀況？

店裡有兩名女性正在大叫，還有三個男人正在使用暴力。附近的客人或看熱鬧的人都不願意伸出援手，逐漸離去。

母親將女兒護在身後，拚命地抵抗著。

「快點滾出去，這家店已經不是妳們的東西了。」

大約有三個男人正在店裡鬧事。

男人每次亂砸店內，就會讓麵包在空中飛舞。

啪嚓。

「可是，你們承諾要等到誕辰慶典結束的。」

「有人想要在這個地方作生意啦！」

男人踐踏著掉在地上的麵包。

啪嚓。

「可是，你們承諾……」

「承諾承諾的吵死了。要是妳們想在這個地方工作，就把老公留下來的債還一還。要不然就用女兒的身體來還。」

男人的手伸向母親身後的女孩子，抓住她的手。

啪嚓啪嚓。

「放開我女兒！」

母親為了救女兒，揪住了男人。

但是，男人卻毆打了母親。

啪嚓——！

我的理智線斷了。

我闖進店裡。

「妳是怎樣！」

我揍人了。

「幹什麼！」

我踢人了。

「妳這混蛋，我們是……」

我摔人了。

「誰想要先死？」

我踩了倒在地上的男人。

「妳到底是誰！」

「我是熊。」

你們這種男人別想知道我的名字。

「敢對我們做出這種事，妳以為可以不用付出代價嗎？」

被我揍飛的男人站了起來，拿出刀子。

「既然亮出了刀子，就代表你們死了也沒有怨言吧。」

「開什麼玩笑！」

我往他的心窩處打出熊熊鐵拳。

男人按著腹部倒地。

「接下來……」

我看著剩下的兩個人。

「混蛋，我們記住妳的打扮了，別以為妳可以平安走出王都。」

男人們拖著倒地的男人，丟下這句話便離開。

「妳們沒事吧？」

我靠近母女，對她們說話。

「是，謝謝妳的幫忙。」

「話說回來，他們還真過分。」

剛出爐的麵包全都掉到地上了。

味道聞起來這麼香，感覺更淒慘了。

慘了，光是看到地上的麵包就讓我湧上一股怒氣。

早知道就多揍他們幾拳。

「他們剛才好像有提到債務什麼的。」

「是的，我們在買下這間店的時候有借錢。可是，我丈夫幾天前才過世，他們就要我們還債，要是還不出來就要趕我們走。」

「可是，既然妳們可以做出這麼好吃的麵包，應該也還得了錢吧？」

我們白天來買的時候，店裡有很多人排隊，味道也非常好。

既然如此，應該還得了債務才對。

可是，母親搖了搖頭。

「我過世的丈夫好像有受騙，那實在不是我們還得起的金額。」

我好像從哪裡聽說過這種地下錢莊的詐騙手法。

「所以，他們才要妳們用店面來抵押債務？」

是因為這樣，她們才會受到惡意的驅趕啊。

嗯～～該怎麼辦才好呢？

我想吃她們的麵包，所以希望麵包店可以繼續經營下去。

「可是，我們本來是打算在離開這裡以前盡量多賺一點錢，作為開下一間麵包店的資金的。」

「他們明明承諾要等到誕辰慶典結束的。」

女兒很悲傷地撿起掉在地上的麵包。

母親溫柔地抱住女兒的肩膀。

她們應該很不甘心吧。

我能不能為她們做些什麼呢？

店面啊……

「妳們要繼續開麵包店嗎？」

「因為這是我丈夫託付給我們的手藝，所以我們希望可以一輩子做麵包。」

聽到這種事，我不能坐視不管。

「嗯，我知道了。那麼，妳們要不要在我的店裡工作？」

「妳的店？」

「我剛好有在打算開店，但是正在煩惱人手的問題呢。」

在克里莫尼亞城新開的店。

我本來打算拜託堤露米娜小姐或莉滋小姐，但她們兩人都有事要忙。

而且店裡只賣布丁太冷清了。

和麵包一起販售也不錯。

不只如此，她們的麵包是一流的味道，又有經營經驗，她們是我的店裡最需要的人才。

而且只要能夠做麵包，也可以販售披薩。

簡直是一石三鳥。

「妳到底是？」

「我是克里莫尼亞城的冒險者。因為一些原因，我想要開一家店。」

「冒險者……」

母女用感到不可思議的眼神看著我。

我正在等待回應的時候，菲娜拉了我的衣服。

「優奈姊姊，人愈來愈多了。」

這裡的確開始聚集了一群人。

而且剛才那些男人也有可能跑回來。

「我家可以談細節，要不要移動到那裡？待在這裡也有可能讓妳女兒遇到危險。」

「那樣的話會給妳添麻煩的。」

「不用放在心上。再這樣下去，妳女兒也很危險吧。」

母親確認了店裡的狀況，最後再看看眼泛淚光的女兒。接著，她開口說道：

「麻煩妳了。」

母親的名字叫做莫琳，女兒的名字好像叫做卡琳。

我一邊走著，一邊說明關於克里莫尼亞城的店的事情。

我說自己想要販售叫做布丁的點心和叫做披薩的食物，店裡會僱用孤兒院的孩子們，而我希望母女倆可以擔任這家店的店長。

「菲娜，優奈小姐到底是什麼人呀？」

走在後面的卡琳小姐向菲娜問道。

「優奈姊姊人很好，是個很善良的冒險者，她也幫助過我好幾次。」

「那她的打扮呢？」

「那是……我只能說因為她是優奈姊姊。」

雖然聽起來莫名其妙，卻很有說服力。

我也無法否定。

我們沒有遇到男人們，抵達了熊熊屋。

「熊？」

第一次看到熊熊屋的兩人都目瞪口呆。

「優奈小姐，這隻熊是……」

「這是我的家，進去吧。」

我帶著兩個人走進熊熊屋。

「總之妳們隨意休息一下吧。」

「那個，優奈，請問剛才說的事是真的嗎？」

莫琳小姐掃視著室內問道。

「是真的喔。可是，要請妳們離開王都，過來克里莫尼亞。」
她們必須和王都的熟人分別。
我拿出要在店裡推出的披薩和布丁請兩人吃。
「這是？」
「這是我剛才提到要在店裡推出的披薩和布丁，我希望妳們兩個人負責做這些東西和麵包。」
兩人第一次看到披薩和布丁都很驚訝。
我先請兩人吃披薩，她們便伸手去拿。
「這是……」
「優奈小姐，這個真好吃。」
「妳願意把這種食物的做法告訴我們嗎？」
「因為要請妳們來做嘛。」
吃完披薩的兩人這次開始吃布丁。
「這個也很好吃。」
「真的很好吃呢。」
我再次對吃完東西的兩人問道：
「妳們願意在我的店裡工作嗎？」

莫琳小姐和卡琳小姐望著彼此。

「妳真的願意僱用我們嗎？」

「我們真的可以嗎？」

「嗯，因為我想吃那些美味的麵包嘛。」

莫琳小姐閉上眼睛幾秒，陷入沉思。然後，她緩緩睜開眼睛。

「我不知道可以幫到什麼程度，不過我和我女兒就拜託妳了。」

莫琳小姐低下頭。看到她這麼做的卡琳小姐也低下頭。

找到麵包師傅了。

73 熊熊找到麵包師傅 其二

隔天，我正在和莫琳小姐她們談論今後的事情時，發現外面很吵鬧。

「給我滾出來！」

「小心我們砸爛妳的門！」

「臭熊！滾出來！」

外面好吵。

難道非做隔音工程不可嗎？

「該不會是昨天的……」

莫琳小姐站了起來。

「優奈姊姊。」

菲娜一臉擔心地看著我。

為了不讓菲娜擔心，我對她露出笑容。

「我出去看一下。」

「優奈！」

聽到我的話，莫琳小姐的臉上浮現驚愕的表情。

「太危險了。」

「不用擔心啦。雖然我打扮成這個樣子，但好歹也是個冒險者。」

莫琳小姐看著我的裝扮。我看起來實在不像是個冒險者，這樣可能又讓她更不安了。

「而且妳們應該有看到我把來砸店的男人們打倒的樣子吧。」

「……我們的確有看到，但是如果發生什麼萬一……」

「再說，保護員工可是我身為雇主的責任。」

我交代她們三人不可以出來，然後獨自一人走到門外。

外面有一個胖男人帶領十個左右的男人。

「終於出來了啊，小熊妹妹。」

肚子上纏著一圈脂肪的男人笑嘻嘻地向我搭話。

「你是誰啊？」

「我是商人喬滋大人。」

「那麼，我建議你改名成胖子喬滋。」

「混蛋！」

一名部下大叫。

看來對方好像不喜歡，我覺得這個名字還不錯耶。

「退下！對了，小熊妹妹，妳昨天好像對我的部下做了很過分的事嘛。」

「是你們先用刀子砍過來的，還是說，我也用刀子砍回去比較好？」

「在王都頂撞我喬滋大人，妳以為自己可以全身而退嗎？要不要我把妳跟那個麵包店的女兒都賣掉？」

他嘻皮笑臉地說。

唉，真想揍他的臉。

真想把那肥胖的身體拿來像足球一樣踢飛，因為脂肪的關係，說不定一踢就會彈起來。

「不過，只要妳把那對麵包店母女交出來，我也可以原諒這次的事情。」

「我說啊，我勸你最好不要以為什麼事情都會順自己的意。」

「妳好像還沒有什麼社會經驗呢。世界上有些人就是妳惹不起的，妳可別以為自己有一點實力就可以來多管閒事了。」

聽到喬滋說的話，後面的男人們拿出了刀子。

「夠了，別再張開你的臭嘴了。」

因為距離有點遠，所以我聞不到味道，但我愈來愈覺得噁心。

我發動了土魔法。

男人們腳下的地面一瞬間消失。

我留下商人喬滋，讓其他人全部掉進洞裡。

洞的深度大約五公尺，他們肯定已經骨折了。運氣不好的話，還有可能死亡。

「妳這傢伙……是魔法師嗎？」

「我是冒險者。」

「像妳這種穿著奇怪衣服的女人竟然是冒險者……」

不管穿著什麼衣服，我都是冒險者。

我朝向男人走去。

「不要靠近我！」

「那你要自己掉進洞裡嗎？還是要先被我揍再掉下去？」

為了莫琳小姐母女倆，不揍他一拳，我無法消氣。

「妳以為我是誰？我是可是大商人喬滋。我和冒險者公會的會長很熟喔，像妳這種小丫頭，我想要把妳怎麼樣都可以！」

「哎呀，我可不認識你喔。」

突然有人出聲，讓喬滋嚇了一跳。

喬滋回頭，看見一名有著長耳朵和淡綠色長髮的人物。

「莎妮亞小姐，妳怎麼會在這裡？」

「我走在路上，碰巧聽到那邊的男人們說著『熊的家在這裡』、『熊很強，請小心』、『請讓我們對那隻熊報仇』之類的對話，我想說他們應該是在說優奈，所以才跟過來的。」

聽到那些對話，的確會知道是我。

「話說回來，我好像聽到你說你認識我，是我多心了嗎？」

莎妮亞小姐很生氣自己的名字被拿來當作威脅他人的籌碼。

「妳說妳是冒險者公會的會長？」

「是呀，沒錯，我可不認識你。順便告訴你，我認識那邊那隻熊喔。」

「別開玩笑了！公會會長又怎麼樣。我和國王很熟喔，只要我跟國王說一聲，妳們這些人根本……」

這個商人是笨蛋嗎？

而且，有一就有二，我記得有句話是這麼說的。

「你是誰？我根本不認識你。」

嗯，國王不知道為什麼出現在這裡了，我可以吐槽嗎？

「國王？國王怎麼可能出現在這種地方。」

我也這麼覺得，他為什麼會在呢？

「你要覺得我在說謊也無所謂，但你使用國王的名號犯下了罪行，別以為你可以全身而退。莎妮亞，麻煩妳抓住這傢伙。也拜託妳和城堡聯絡。」

「真是沒辦法，現在也只有我能做這件事了。」

莎妮亞小姐束縛住喬滋，防止他逃跑。

啊，沒能揍他一拳。

「放開我，妳以為我是誰？」

「吵死了。」

莎妮亞小姐揍飛了他。既然莎妮亞小姐替我揍了他，那就算了。

嗯～～因為他們兩個人的出場，事情解決了。反正幫了我一個忙，這樣也好。

「對了，國王陛下有什麼事嗎？」

「怎麼，妳不請我進屋嗎？」

他看著熊熊屋說出這種話。

「你要進去嗎？」

我不想讓他進去。

「看到這種房子當然會想進去了。」

「更重要的是，你怎麼會知道我家在哪裡？」

「當然是聽艾蕾羅拉說的啊。」

也對，他只有這個情報來源。

「唉，我知道了。」

不知道為什麼，我要請國內地位最高的人進入熊熊屋了。

「優奈姊姊，妳沒事吧？」

菲娜和莫琳小姐她們一臉擔心。

「我沒事，因為公會會長莎妮亞小姐來幫我了。」

「太好了。對了，那個叔叔是誰？」

因為有個不認識的叔叔走進屋裡，菲娜這麼問我。

也對，她當然會好奇了。

「他是國王陛下喔。」

「呃，國王陛下？」

菲娜很可愛地歪著頭。

「沒錯，國王陛下。」

「這個國家最大的人？」

「對。」

「為、為什麼那樣的人會在這裡呢！」

「誰知道，要不要問問本人？」

菲娜用力搖著頭。

可能是因為認得國王的長相，莫琳小姐和卡琳小姐兩個人都臉色慘白。

「所以你想要拜託的事情是什麼？」

我向看著室內的國王問道。

「喔，對了。我想要請妳在誕辰慶典的時候做上次那個布丁。在晚宴拿出來招待，所有人肯定都會嚇一大跳。」

你到底在想什麼！

我可以拒絕嗎？

「順便問問，我可以拒絕嗎……」

「怎麼，妳要拒絕國王我的請求嗎？」

國王果然是自我中心主義啊。

「我不是那個意思，製作布丁的材料……」

「我會出錢。」

這不是錢的問題，而是蛋的問題。因為我前幾天才剛補充蛋，要做是做得出來，問題是數量。我實在是沒辦法再回到克里莫尼亞補充蛋了。

「順便問問，要做幾個才夠呢？我沒有辦法做很多喔。」

「可以的話就三百個。」

三百個啊……前幾天做的布丁和剩下的蛋應該做得出來吧？

雖然才剛補充蛋，但這說不定剛好是教莫琳小姐她們做布丁的好機會。

「怎麼樣，做得出來嗎？」

「我想應該沒問題，誕辰慶典是什麼時候來著？」

我重新思考著國王的生日，發現自己根本不知道日期，於是試著問問看本人。

「喂！」

我被國王陛下吐槽了。

因為我沒有興趣，所以不知道也無可奈何。

雖然我有想到時間應該差不多了。

「優奈姊姊，是五天後啦。」

在我身後的菲娜小聲地告訴我。

「那麼，我可以當天早上再拿過去嗎？」

「嗯，可以。」

「還有，我不希望被別人知道是我做的。」

「說得也是。那就請妳偷偷到城堡裡，放到某個空房間吧。」

「要是不冰起來，美味度會減半喔。」

「那麼，我會請人在房間裡準備冰箱。」

既然他願意做到這種程度，我也沒有理由拒絕了。

國王誕辰慶典的晚宴料理追加了布丁。

國王離開，在外面吵吵鬧鬧的垃圾也消失，室內恢復了平靜。

莎妮亞小姐帶警備隊過來，把外面的垃圾帶走了。

屋內的三個人之間瀰漫著奇怪的氣氛。

「呃，大家怎麼了？」

我總覺得大家看我的眼神不太一樣。

「呃，優奈妳到底是什麼人呢？該不會是貴族大人吧？」

莫琳小姐膽怯地問道。

「不是啦，我只是普通的冒險者。」

「可是，妳和國王陛下那麼親近……」

「我只是碰巧有機會認識他而已。」

「可是，國王陛下竟然親自來家裡拜訪……」

「那是因為他想要吃布丁吧。」

「可是……」

她們兩人怎麼樣就是不相信，就連菲娜都開始把我當成貴族看待了。

那個國王還真是給我多添了一個大麻煩。

突然有個身分天差地遠的人出現在眼前，又有人熟悉地和對方相處，每個人大概都會認為這個人也是擁有相當地位的人物。

不管是哪個世界都一樣。

政治人物會認識很多政治人物。

醫生會認識很多醫生。

老師會認識很多老師。

藝人會認識很多藝人。

家裡蹲會認識很多家裡蹲（在遊戲裡經常見面）。

不管是什麼職業，都會認識很多相同業界的人。那麼，王室成員就會認識很多貴族。

「啊啊！總之我不是貴族，也和王室沒有關係就是了。」

我硬是結束這個話題，談到做布丁的事：

「那麼，雖然比預定的還要早一點，我要請妳們兩位從明天開始和我一起做布丁了喔。」

「意思是我們要做國王陛下的晚宴料理嗎？」

我點點頭。

要把做法學起來，實際上做做看比較快。

「我們不行啦。」

「為什麼？」

「國王陛下會吃到吧。」

「嗯，應該會吃吧。」

「我們怎麼敢做出那麼踰矩的事。」

「反正又不是要下毒。」

明明不需要那麼排斥，兩人還是不願點頭。

「妳們無論如何都不願意嗎？」

我變得好像在欺負她們。

從一般人的想法來看，平民為國王做料理說不定是很離譜的事情。

也對，如果有人叫我為總理大臣或某國的總統做料理，我或許也會有同樣的感受。

因為勉強他人並不好，我決定和菲娜一起做一百個布丁。

「那麼菲娜，只好由我們兩個來做了。」

可是，菲娜搖了搖頭。

「我也不行！」

菲娜，連妳也這樣！

隔天，沒能成功說服菲娜的我一個人寂寞地做著布丁。

她們三個人最後還是沒有點頭。

總而言之，為了讓她們記住做法，我請三人在旁邊看著我怎麼做布丁。

我本來希望她們至少幫我打蛋，但她們連這個步驟都不願意做。

我只好一個人打蛋作為布丁的材料。

加上前幾天做好的布丁，我一個人做了三百個布丁。

我一個人默默地打蛋，一個人默默地把蛋打散。

三個人只是看著，不願意幫我，她們真的這麼不想做國王和貴族要吃的料理嗎？

真希望她們可以幫我打個蛋。我的心意傳遞不出去，最後還是一個人做完了三百個。

大型冰箱裡排放著大量的布丁。

這樣一來，我補充的蛋也幾乎用完了，但莫琳小姐答應要做麵包給我吃，所以我很期待明天的早餐。

74 熊熊回克里莫尼亞城

我今天早上也吃了莫琳小姐烤的麵包。

莫琳小姐烤的麵包果然好好吃。

「是優奈家的石窯品質好啦。」

她這麼說讓我很高興。

我悠閒地吃著早餐時，警備隊員藍傑爾先生就來到熊熊屋了。

「這麼一大早的，怎麼了嗎？」

「關於前幾天抓到喬滋的事情，我有事要向您報告。」

「喔，那個胖子啊。」

據藍傑爾先生所說，喬滋以前好像也曾經假借國王的名義脅迫他人。除此之外，他還有做過施暴、詐欺等各種惡行。然後，報告中也包含了莫琳小姐的麵包店的事情。

莫琳小姐也在一旁聽著談話的內容。

內容如下——

借款一筆勾銷。

那間麵包店已經正式歸莫琳小姐所有。

「那是真的嗎？」

「是的。喬滋的財產受到查封，根據今後的調查，他可能會被處以死刑。」

「死刑……」

「使用國王的名義犯下的罪行會玷污王的名聲。況且，國王陛下就在現場親眼見證了。他是無法脫罪的。」

說得也是。

他自稱是國王的熟人，威脅了我。

就算有國民以為國王是罪犯的同夥也不奇怪。

藍傑爾先生將莫琳小姐的店面權狀帶了過來。

莫琳小姐很高興地留著眼淚，收下了權狀。

藍傑爾先生低頭行禮後便離去，留在原地的我們靜靜地被沉默籠罩。

「太好了，妳的老公開的店沒事了。」

「優奈……」

「老實說我很希望妳們可以來克里莫尼亞城。」

莫琳小姐不知道該怎麼辦，非常煩惱。

「不用放在心上啦，妳老公應該也希望妳們可以保護自己的店。」

「對不起，妳對我們這麼好……」

「這時候應該要高興吧。」

「優奈，謝謝妳。」

後來莫琳小姐和卡琳小姐回到了她們的店。

雖然可惜，但這也沒辦法。

事情往好的方向發展了，我必須送走莫琳小姐她們。

麵包只要再過來買就好。

傍晚，我和菲娜正在準備晚餐的時候，莫琳小姐母女倆就來拜訪了。

「怎麼了？」

「我們可以跟妳談談嗎？」

要談什麼事呢？我請她們兩人進屋。

莫琳小姐和卡琳小姐坐在椅子上看著我。

莫琳小姐先深呼吸一次，然後從口袋裡拿出一張紙，遞給我。

「優奈，我們希望妳可以收下這個。」

我看了這張紙，發現是店面的權狀。

「…………？」

我不懂她們為什麼要把店面的權狀交給我。

「請讓我們在妳的店裡工作。」

她們突然說出不得了的話。

「為什麼？就算妳們不來克里莫尼亞，現在也已經可以繼續在王都開店了啊。」

「我今天一邊整理店面一邊和女兒談過了，優奈妳救了我們。而且，妳信任我們，教我們怎麼做國王陛下親自來請妳做的布丁。所以，就算我們拿回了店面，也不可以違反約定。」

「妳們不用在意這種事的。」

莫琳小姐搖了搖頭。

「妳收下吧。」

莫琳小姐再度將桌子上的權狀推向我。

「我很高興，但我不能收下這張權狀。」

「優奈？」

「如果妳們不想在我的店工作了，隨時都可以回來。可是，如果妳們喜歡我的店，想待多久都可以。」

我把權狀還給莫琳小姐。

「請好好珍惜妳老公留下回憶的店。」

「謝謝妳。」

兩人低頭行禮。

她們已經正式確定要在我這裡工作了。

出發到克里莫尼亞的日子就決定在誕辰慶典結束的隔天。

誕辰慶典結束以後，聚集起來的人們就會回到各自該回去的地方。

因為要回到克里莫尼亞城的大批人馬也會一起移動，所以可以不用擔心被魔物或盜賊團襲擊。

我請她們和前往克里莫尼亞城的團隊一起過去。

兩人好像要在出發之前整理店面並問候在王都照顧過自己的人。

為了她們兩個人，我一定要開一家好店。

誕辰慶典當天，我為了帶布丁到城堡，正在等待艾蕾羅拉小姐。

當天出入的人多，就算有通行證，一個人好像也不能進入城堡。

所以我要和艾蕾羅拉小姐一起去。

「菲娜，妳真的不去嗎？」

「是的，我要留下來看家。」

上次到城堡參觀的時候遇到芙蘿拉大人的事情好像變成一種心理創傷了。人家明明就沒有對她做出什麼事。對身為平民的菲娜來說，光是和王室成員見面似乎就是很令人緊張的事情。

因為我不想要勉強菲娜，所以決定自己一個人到城堡去。

「是嗎？那我會盡快回來的。」

我在熊熊屋等待，艾蕾羅拉小姐就來了。

「早安。」

「艾蕾羅拉小姐早安。」

「呵呵，真想快點看到大家吃到布丁的表情。」

艾蕾羅拉小姐的臉露出壞人的表情。

她和國王還真像。

「真的不可以宣揚是我做的喔。」

「我知道啦。話說回來，國王陛下想到的點子還真是有趣呢。」

「被拖下水的人會很困擾的。」

「呵呵，對呀。旁觀的人會覺得好玩就是了。」

我們抵達城堡，看見應該是貴族乘坐的馬車陸陸續續進入城堡。

有很多綴著漂亮裝飾的馬車。

雖然我不是菲娜，看到這種景象也會想要逃跑。

形容得好懂一點的話，感覺就像是去參加朋友的婚禮，結果周圍的人都開著高級車前來，只有自己一個人是搭電車或公車。

不過我只是去放布丁，沒有要參加派對，所以沒關係。

我一進到城堡，就被帶到一個沒有人在的房間。

我進到房間內，發現裡面放著冰箱。

「布丁就放到這裡面吧。」

我從熊熊箱中取出布丁，一一放到冰箱裡。數量有三百個。

「看起來真好吃。」

「不可以吃掉喔。」

「我才不會吃掉呢。可是，等到優奈妳回到克里莫尼亞就吃不到了呢。」

「妳來克里莫尼亞，我就請妳吃。」

「等到女兒的學校放假之後，我們就會回去一趟，到時候就拜託妳了。」

也好，到時候我的店應該已經開張了，請她到店裡吃或許也不錯。

「那麼，我就先回去了。」

「妳真的不參加嗎？我可以準備漂亮的禮服喔。」

「菲娜一個人正在等我，我要回去了。」

讓菲娜一個人孤零零的就太可憐了。

「菲娜也可以一起來就好了。」

「參加國王的生日派對，對我和她來說等級都太高了。」

「是嗎？如果是打倒魔物的英雄和她的一名友人，我覺得應該沒問題喔。」

「我並沒有打算成為英雄，請容我鄭重地拒絕。」

拒絕參加的我回到熊熊屋，看到菲娜一個人很寂寞地等待著。

回來是正確的選擇，見到我回來的菲娜看起來很高興。

「優奈姊姊，歡迎回來。」

「我回來了。那麼，我們去看看遊行吧。」

「可是，現在去也已經沒有位子……」

「有特別座，沒問題的。」

我帶著菲娜到戶外。

我們來到大街上，人潮就像菲娜說的一樣擁擠，實在不是能夠欣賞遊行的狀態。

「優奈姊姊，這樣……」

「那裡應該不錯吧？我要跳了，妳要抓緊一點喔。」

我抱著菲娜起跳。我跳到矮房的屋頂上，再移動到較高的屋頂。我最後移動到這附近最高的建築物上。

「在這裡就可以看清楚了。」

下面擠滿了來看遊行的人。

所有人都是為了看國王一眼而聚集過來的。

可能就和看藝人的感覺一樣吧，類似職棒的冠軍遊行之類的。

「妳看，菲娜，人群就像垃圾一樣。」

「優奈姊姊……」

她用冷淡的視線看我。

我華麗地無視她的眼神，把事前買好的食物拿出來。

我們暫時在屋頂上一邊吃吃喝喝一邊眺望著王都，遊行便開始了。

領頭的是騎在馬上的騎士。

騎士帥氣地架著長槍和刀劍。

樂隊跟在騎士後方。

美妙的音色為國王的遊行增添光彩。

樂隊的後方有一輛大型馬車，上面有國王和一名女性。

是王妃殿下嗎？

真是個美女。

既然是帥哥美女，難怪會生出芙蘿拉大人那麼可愛的孩子。

基因實在可怕。

正在向國民揮手的國王注意到待在屋頂上的我。

他對王妃說了些什麼，王妃就將視線轉向我並揮揮手。

不知道他說了什麼。

因為不能對揮著手的兩人視而不見，我也輕輕揮手回應他們。

國王的馬車逐漸通過。

遊行好像會繞行王都，最後進入城堡才算結束。

這一天的王都直到深夜都延續著慶典的熱鬧氛圍，所有人都祝賀著國王的四十歲生日。

誕辰慶典結束的隔天，莫琳小姐母女倆出發前往克里莫尼亞城。

我也在回城以前去向關照過我的人們打聲招呼。

我第一個拜訪的地方是冒險者公會。

「再次感謝妳打倒了魔物。我們隨時都歡迎妳，要在王都工作的時候就跟我說一聲吧。」

莎妮亞小姐這麼說道。

我接著前往艾蕾羅拉小姐的家。

「優奈，我們受妳照顧了。我和我女兒都很感謝妳。」

克里夫如此說著。

「優奈小姐，妳要先回去了嗎？」

諾雅說道。

「優奈小姐，下次再拜託妳和我交手了。」

希雅如此說著。

「優奈，要是克里夫做了什麼奇怪的事情，要告訴我喔。」

艾蕾羅拉小姐說道。

「我會在您下次來訪之前讓花壇開花，請您一定要來看看。」

史莉莉娜小姐說著。

諾雅會在克里夫的工作結束以後和他一起回到克里莫尼亞。

雖然他們也邀請我留到那個時候，但因為這次不需要我的護衛，所以我婉拒了。

我接著前往的是葛蘭先生的家。

「如果妳下次要來我們的城市，就過來家裡一趟吧，我們歡迎妳。」

葛蘭先生說道。

「我想和熊緩牠們道別。」

米莎如此說著。

我答應米莎，把熊緩牠們叫出來道別。

我最後前往的地方是城堡。

「真希望妳也可以看到貴族們吃到布丁的表情，每個人都跑來請我將做出布丁的廚師介紹給他們認識呢。」

回想起當時情形的國王笑了出來。

「請不要說出我的事情喔。」

「對了，布丁的款項要怎麼辦？」

啊，我都忘了。

可是，我根本不缺錢。

「嗯～～就當作是封口費好了。」

「怎麼，妳不相信我嗎？」

「因為我沒有特別缺錢嘛，如果芙蘿拉大人差點說溜嘴的話，請你幫忙善後。」

「知道了。話說回來，妳不去見芙蘿拉嗎？」

「我還會再帶布丁來的。而且，要是見了面，她可能會哭。」

我不喜歡看到小孩子哭泣。

「這樣啊，我也想吃布丁，妳就早點再來見她吧。」

我向關照過我的王都居民道別，回到克里莫尼亞城。

話雖如此，我還是可以隨時回來就是了。

熊熊勇闖異世界 3

新發表章節

三個女孩的王都觀光 其一

因為諾雅兒大人邀請我出去玩，所以我今天要和諾雅兒大人與米莎娜大人一起出門。

我要和兩位貴族千金一起出門。雖然我也邀請了優奈姊姊，但卻被拒絕了。我的胃不知道撐不撐得下去。

嗚嗚嗚，好緊張喔。

我緊張地坐在沙發上等待時間到，優奈姊姊在桌子上放了錢。

她說因為觀光會需要用錢，所以叫我帶過去。

要在王都裡逛街，說不定真的要花錢，我們可能會在某個地方吃飯。

我也有從媽媽那裡拿到錢，但是優奈姊姊說邀請我到王都的人是她，所以她會負責出全部的錢。

可是，優奈姊姊給我的錢非常多。

雖然我覺得她是因為信任我，但還是太多了。

她說我可以自由使用，但是我不可以用掉這麼多錢。

優奈姊姊好奇怪，太奇怪了。

結果我還是拒絕不了，收下了這些錢。

我希望可以盡量不要用到。

我和優奈姊姊道別之後，一個人前往諾雅兒大人的家。

我一到宅邸，女僕小姐就很有禮貌地低頭向我打招呼。

我也反射性地低頭行禮。

嗚嗚，我不管經歷幾次這種事都沒有辦法習慣。

「菲娜，歡迎妳來。」

「早、早安，諾雅兒大人。」

「等米莎一到就出發吧。」

我抵達之後沒過多久，米莎娜大人就來了。

「諾雅姊姊大人、菲娜，早安。」

「米莎娜大人，早安。」

「米莎，早安。那我們出門吧。」

諾雅兒大人這麼宣布，可是我們要去哪裡呢？

雖然說我有從優奈姊姊那裡拿到錢，但我其實不太想去會花很多錢的地方。

「諾雅姊姊大人，我們要去哪裡呢？」

米莎娜大人問了我想要問的問題。

「我有決定好一個地方了，妳們兩個有什麼想去的地方嗎？」

就算問我想去哪裡，我也不知道。我不知道王都有什麼地方，所以也不知道要去哪裡。

對我來說光是走在王都就已經大開眼界了，但是不知道這樣可不可以。

可是，如果硬要說我有什麼想去的地方，那應該就是城堡了吧。我知道不可以進去裡面，但我想在附近看看城堡。

可是，我實在是說不出口，只好把話吞進肚子裡。

「妳們兩個都沒有想去的地方嗎？」

「順便請問一下，諾雅姊姊大人打算去哪裡呢？」

「我想去的地方要先保密。」

看來諾雅兒大人好像不會告訴我們她自己想去的地方。

看著諾雅兒大人的笑容，我覺得很不安。我真希望那是我去了也不會覺得肚子痛的地方。

「我有來過王都幾次。菲娜應該是第一次來王都吧，妳有什麼想去看看的地方嗎？」

米莎娜大人問我。我該怎麼辦呢？

因為她們兩個人都盯著我看，所以我決定說實話。

「……我想在附近看看城堡。」

「城堡嗎？」

「是的，我以前想過如果來到王都，我想要看看城堡。」

我誠實地回答，諾雅兒大人就稍微思考一下後點點頭。

「那麼，我們就先去看城堡吧。」

「可以嗎？」

「我剛才也說過了，這是為了聯絡我們三個人的感情，所以沒關係。」

「我當然也沒問題。」

「好了，我們走吧。」

諾雅兒大人牽起我和米莎娜大人的手，跑了出去。

然後，我們來到城堡了。

雖然從遠方就可以看到城堡，近看卻可以知道它有多大。

城堡非常大，國王陛下就住在這裡吧。

不知道是不是還有王子殿下和公主殿下。

雖然我想見見他們，但是我這個平民應該一輩子都見不到他們吧。可是，我聽說生日的遊行時可以遠遠地看到國王陛下和王妃殿下。

如果可以看到，我就可以說給媽媽和修莉聽了，我當然也會說給爸爸聽。

城堡附近有很多和我一樣看著城堡的人。

大家好像也是王都的觀光客，正在觀賞著城堡。

「人果然很多呢。」

諾雅兒大人看的不是城堡，而是周圍的人群。

「因為有誕辰慶典嘛，這也沒辦法。也有人是從很遠的地方來的。」

意思是也有和我一樣的人呢。

然後，我聽到附近一對母子對話的聲音：

「媽媽，城堡裡是什麼樣子？」

「不知道耶，一定是很漂亮的地方吧。」

「好想看看喔～」

我也很好奇城堡裡是什麼樣子，但是不能進去裡面。而且，現在可能是因為有誕辰慶典，可以看到有很多警備隊員在。所以，我們連城堡的大門都不能靠近。

「那麼，既然不能進去，要不要繞著城堡逛一圈？」

這個提議聽起來很吸引人，真的可以嗎？

我心裡的確想要從各種角度看看城堡。

「因為我不能帶妳們到城堡裡面嘛，而且我希望菲娜玩得開心。」

諾雅兒大人好像很替我著想。

她真的是一位很親切的人。

米莎娜大人也同意，於是我便跟著兩人繞了城堡周圍一圈。

了解城堡裡面的諾雅兒大人和米莎娜大人會幫我介紹。

「那道牆壁後面有士兵的練習場喔。」

「裡面還有漂亮的庭園喔。」

為了沒辦法進入城堡的我，她們努力地說著關於裡面的事。

她們兩個人都很善良。我本來以為貴族應該會更高傲一點，但是根本沒有這回事，還是說她們比較特別呢？

後來，諾雅兒大人和米莎娜大人也說了哪裡有些什麼，或是從那上面看出去的景色很漂亮之類的事。

然後，快樂的城堡參觀也要結束了。

「諾雅兒大人、米莎娜大人，真的很謝謝妳們。我玩得非常開心，我回去就可以把這些事告訴家人了。」

「我其實是想要帶妳去城堡裡看看的。」

「不，沒關係。因為諾雅兒大人和米莎娜大人告訴我很多關於城堡的事，我已經很開心了。」

這是我心裡真正的想法。

因為有她們的說明，我覺得自己就像是進入到城堡裡一樣。

「那就好。那麼，接下來要去哪裡呢？」

諾雅兒大人這麼問，可是我可以看到城堡就很滿足了，所以我們看向米莎娜大人。

「諾雅姊姊大人，我有點累了。」

因為我每天的活動量比較大，所以並沒有那麼累，但米莎娜大人好像累了。

「也對，那我們去東邊的中央廣場休息吧。」

東邊的中央廣場離這裡很近嗎？

我沒辦法判斷，但是我會聽諾雅兒大人的話。

我們往廣場前進，人潮就愈來愈多。

我要小心別走散了。如果走散，我可能會迷路。

雖然只有個大概，我還記得回去的路。可是，我的記憶很模糊。而且如果走散了，我會讓她們兩個人擔心的。所以，我得小心不要走散才行。

我差一點撞到人，趕緊躲開。

我和諾雅兒大人稍微分開了。我小跑步追上去，諾雅兒大人就回過頭牽起米莎娜大人的手，再用另一隻手牽起我的手。

「諾雅兒大人？」

「要是走散就糟糕了嘛。」

諾雅兒大人拉著我的手。

她牽著我的手很溫暖。

諾雅人大人的舉動讓我自然地露出笑容。

「還有，不要叫我諾雅兒，叫我諾雅吧。因為親近的人都叫我諾雅。」

「那樣的話，也請妳叫我米莎吧。」

她們兩人突然說出了不得了的話。

要用暱稱稱呼別人，如果不夠親近是不行的。

既然她們願意允許我這麼叫，是不是表示她們把我這個平民當作朋友看待呢？

「諾雅兒大人、米莎娜大人……」

「不對，是諾雅。」

「來，叫我米莎。」

兩人微笑著等待我回應。

看來我是不能不叫她們的名字了。

「諾雅大人、米莎大人……」

雖然有點不好意思，我一叫出名字，她們兩個人就看起來好開心。

「多多指教嘍，菲娜。」

「菲娜，請妳多多指教。」

「好的！」

三個女孩的王都觀光　其二

「到了喔。」

諾雅大人帶我們到的是一個排放著很多桌椅的地方。

這個地方好大，有很多人坐在椅子上休息或吃飯、聊天。

有座位是空的，好像可以讓我們休息。

可是，在這個地方休息卻什麼都不吃，可能是一件很痛苦的事。

周圍的攤販和餐桌都飄出很多種香噴噴的味道。

我的肚子受到刺激了，我的肚子餓了。

再這樣下去，我的肚子就要叫出聲了。

我才剛這麼想，就有另一個地方傳出肚子叫的聲音了。

聲音的來源好像是米莎大人，被我們聽到聲音的米莎大人一臉不好意思。

「肚子餓了呢。」

「是的。」

我同意這句話，我的肚子也餓了。

我們會來到這裡，吃飯也是其中一個目的。
「那麼，我們先買些東西再休息吧。」
我贊成她的提議。

我們先來到一家賣串燒的攤販。
烤肉的香味飄了出來。
諾雅大人一站到攤販前就開始點餐：
「不好意思，請給我們三支串燒。」
「好！我現在馬上幫妳們現烤，可愛的小姐們。」
叔叔這麼說完，便開始刷上醬汁烤起串燒。
味道聞起來好香，我忍不住吞口水，她們兩個人應該沒有聽到吧。
她們兩個人都看著叔叔烤肉，沒有注意到我的情況，太好了。
「來，讓妳們久等了。好吃的串燒烤好了。」
我正打算用優奈姊姊給我的錢付帳，諾雅大人就阻止我了。
「我來付錢吧。」
「我有從優奈姊姊那裡拿到錢……」
「今天就由我來付錢吧。我有從母親大人那裡拿到每個人的份，不用在意。」

她剛才說了什麼呢？

諾雅大人說她從母親大人那裡拿到了錢。

我覺得頭好暈。我從優奈姊姊那裡拿到錢，竟然連諾雅大人的母親大人都幫我準備了錢。這對直到最近都要煩惱沒有東西吃的我來說，真是太讓人惶恐了。

如果是優奈姊姊的錢，我還可以工作來還；可是從貴族大人那裡拿到的錢要怎麼還才好呢？

雖然我不覺得諾雅大人和艾蕾羅拉大人會希望我還錢，但我還是會不知道自己該怎麼辦，我覺得貴族和平民之間還是有沒辦法跨越的牆壁。

我努力想著拒絕的理由，卻說不出話。

我已經不知道該怎麼辦才好了。

我還在想辦法的時候，諾雅大人就已經付了三人份的錢，把串燒收下來了。

然後，諾雅大人把串燒拿到我的眼前。

「因為今天是我邀請妳們的嘛，來，收下吧。我要繼續買下去了。」

這樣真的好嗎？

後來，諾雅大人就像她說的一樣，開始一樣接著一樣地買東西。不只是我的手，米莎大人和諾雅大人的手都拿滿了多到快要拿不下的食物。

買好食物的我們把東西放到空著的餐桌上。

我們三個人拿著的食物放到桌子上以後，看起來份量非常多，三個人吃得完嗎？

米莎大人好像沒有什麼在攤販買東西的經驗，點餐的樣子看起來很害羞。相較之下，諾雅大人看起來就很熟練。

我委婉地問了關於這件事的問題。

「因為我平常都會買嘛。」

原來貴族大人也會吃攤販賣的小吃呀。

還是說諾雅大人比較特別呢？

我們各自把手上的食物排放到桌上，在椅子上坐下。我實在是走到有點累了。

「那麼，大家拿喜歡的東西來吃吧。要是不夠吃，我再去買。」

不，諾雅大人。這樣已經很多了，請不要再買了。因為我說不出口，只好在心裡這麼說。

可是，我真的肚子餓了，桌子上飄來的香味會引起我的食欲。

雖然我想要快點吃，還是等著諾雅大人和米莎大人開動。

諾雅大人是第一個伸手去拿東西吃的人。看到她這麼做的米莎大人也選了自己在攤販裡面最想吃的料理。確定兩個人都把食物放進嘴裡以後，我也伸手去拿串燒，吃了下去。

和克里莫尼亞的攤販不同的調味讓我覺得很新鮮，非常好吃。真可惜不能買回去當作土產。

「那麼，就請菲娜全部說出來吧。」

諾雅大人突然對吃著串燒的我說出這種話。

我驚訝得說不出話來。

她指的是什麼事呢？

我感到驚訝又困擾的時候，她就告訴我是怎麼回事了。

「我是說關於妳和優奈小姐的事，告訴我妳們是什麼關係吧。」

「我和優奈姊姊嗎？」

「我也想知道！」

連米莎大人都這麼說。

「我和諾雅大人見面的時候就說過了。」

來王都的時候，我和她一起騎在熊緩牠們身上的時候說過了。

「反正米莎也想知道，妳應該還有什麼沒有告訴我的事吧。」

優奈姊姊曾說過有些事情「要保密」。總之，我決定不把她說是祕密的事情說出來。

首先，我向米莎大人說了我和優奈姊姊相遇的經過，還有她給我肢解工作的事情。

「菲娜，一個人到森林裡採藥草太危險了。」

「我也這麼覺得。」

我被她們兩個人罵了。我本來打算在附近找，跑到深處去找是我的不對。

「可是，原來優奈姊姊大人從那個時候開始就穿著那種衣服了呀。話說回來，優奈姊姊大人為什麼要打扮成那種樣子呢？」

就算問我這個問題，我也不知道。

我只知道熊熊手套是道具袋，所以不能脫掉。而且熊緩和熊急會從熊熊手套裡跑出來，所以我覺得那應該是必需品。

因為這樣，我說應該是這個原因。

可是，我不知道她穿著那套熊熊服裝的理由。

「熊緩和熊急會從那雙熊熊手套裡跑出來，所以可能真的是必需品吧。可是，如果是那樣的話，我覺得只要戴那雙手套就好了。」

「菲娜不知道原因嗎？」

因為我不知道那麼詳細的事情，所以搖搖頭。

「可是，不愧是優奈姊姊大人可以輕鬆打倒野狼，我也想看優奈姊姊大人戰鬥的樣子。」

因為她和半獸人戰鬥的時候，米莎大人躲在馬車裡，所以好像沒有看見；盜賊那次沒有任何人看見。這麼說來，我也很少看到優奈姊姊戰鬥的樣子。

「菲娜有看過優奈小姐戰鬥的樣子嗎？」

「呃，如果是和冒險者戰鬥的樣子，我有看過。」

我向兩人說了我第一次帶優奈姊姊到冒險者公會時的事情。

我說優奈姊姊只用一把小刀……可是她沒有用到武器，所以算是空手嗎？她只用熊熊手套戰鬥，打倒了好幾個冒險者。

「我也曾經在城裡看過優奈小姐戰鬥喔。」

看來諾雅大人也曾經看過優奈姊姊和冒險者戰鬥的樣子。

聽說是優奈姊姊用魔法打倒了來找麻煩的冒險者。

「我好羨慕妳們兩個人喔。」

米莎大人噘起小小的嘴巴。

但就算她這麼說，我也很傷腦筋。我第一次見到優奈姊姊時，還很擔心她會不會受傷呢。

我完全沒有想到優奈姊姊會那麼強。

「對了，我有問題想要問菲娜。」

「是，請問是什麼問題呢？」

諾雅大人用認真的眼神向我發問：

「優奈小姐打倒了虎狼和黑蝰蛇的事情是真的嗎？我不是不相信，只是在想像優奈小姐這樣的女性是不是真的可以打倒那些魔物。」

「是真的喔。她接下狩獵虎狼的委託時，我也一起跟去了。」

「真、真的嗎！」

「那妳有看到虎狼嗎？」

我搖搖頭。

「我和熊急一起留在比較遠的地方。可是，我有看到她獵到的虎狼。」

因為熊熊房子的事情要對米莎大人保密，所以我不能說。

「她打倒黑蝰蛇的時候，妳該不會也跟她在一起吧？」

「沒有，黑蝰蛇那個時候，她好像是和冒險者公會的會長兩個人單獨過去的。可是，我聽說優奈姊姊是一個人打倒牠的。」

「我也從父親大人那裡聽說過，原來是真的呀。」

「是的。我有幫忙肢解，所以那是真的。黑蝰蛇真的很大，肢解起來很辛苦呢。」

黑蝰蛇的肢解過程非常辛苦。

主要是因為黑蝰蛇體型巨大，刀子又很難切開牠的皮。

我聽爸爸說過，牠如果還活著，還會更堅硬。竟然可以打倒那種魔物，優奈姊姊好厲害。

「說到肢解，菲娜會肢解魔物呢。」

「是呀，她有肢解半獸人。瑪麗娜小姐有誇獎她呢。」

我並不厲害。

我會做只是因為從小就開始做肢解工作，雖然我不覺得有多厲害，優奈姊姊卻總是誇獎我。

「那個，是因為爸爸不在了，媽媽又生病，我才必須出去工作的關係。」

我說到關於家人的事情，氣氛就開始變得沉重。

「現在已經沒事了，請不要在意。我媽媽的病已經治好，現在正在優奈姊姊那裡工作。」

「在優奈小姐那裡工作？優奈小姐是冒險者吧。也就是說，菲娜的媽媽也是冒險者嗎？」

看來諾雅大人並不知道鳥和蛋的事情。

我說出了孤兒院的事。

然後，我提到鳥的事，又說了蛋的事。

「優奈小姐還會做那種事呀？」

「優奈姊姊大人真厲害。」

聽到她們兩個人讚美優奈姊姊，不知道為什麼，我也覺得很開心。

「妳們吃到的布丁就是優奈姊姊用那些蛋做成的喔。」

「優奈小姐到底是什麼人呢？」

我也不知道。

她打扮成熊熊，身邊有熊緩和熊急在，是個很強的冒險者，救了孤兒院，治好了媽媽的病，是個不可思議的人。

優奈姊姊沒有家人嗎？

她從來沒有提過自己的家人。

我覺得她一定有什麼理由，但是我問不出口。

可是，不管打扮成什麼樣子，她都是我的救命恩人，也是我最喜歡的優奈姊姊。

三個女孩的王都觀光 其三

「諾雅姊姊大人，妳和優奈姊姊大人是怎麼認識的呢？」

米莎大人這麼問。

我來王都的時候有聽過這件事。

她一開始好像是在街上看見打扮成熊的優奈姊姊和冒險者戰鬥。

我聽說她後來請優奈姊姊來家裡，還騎了熊緩和熊急。

自從那一次以後，諾雅大人就變得非常喜歡熊緩和熊急。

我可以理解她的心情。那種觸感，光是抱著就讓人覺得很幸福。

「我好羨慕妳們兩個人喔。」

米莎大人聽了諾雅大人的故事，做出有點鬧彆扭的動作。

「可是，菲娜和優奈小姐在一起的時間比我還要長，我才羨慕她呢。」

「那是因為工作……」

就算我這麼說明，她們兩個人的嘴裡還是說著「好好喔」、「太奸詐了」的話。

我在優奈姊姊家做肢解的工作或是幫媽媽的忙時，優奈姊姊有時候會過來，所以我經常會見到她。

而且她也經常因為要打發時間而帶著我到處逛。

像是「我們去吃飯吧」、「我們去散步吧」之類的。以前我們也曾經騎著熊緩和熊急到很遠的村子去。

這麼一想，我和優奈姊姊在一起的時間的確很長。我會被人家羨慕也是沒有辦法的嗎？

我們暫時熱烈的聊著關於優奈姊姊的事，桌上的料理也愈來愈少。

我的肚子已經好飽了。

諾雅大人和米莎大人好像也和我一樣。

我們三個人努力地把東西全部吃光光。

因為丟掉就太浪費了嘛。

我們把桌子清乾淨，開始飯後休息。

「那麼，差不多該去下一個地方了吧？」

我們正在休息的時候，諾雅大人說了這句話。

我是沒有關係，但是她要去哪裡呢？

米莎大人問了要去哪裡，但她沒有告訴我們。

「祕密，可是，好東西應該已經做好了喔。」

這麼說的諾雅大人帶著笑容。

可是，她說好東西做好了，指的到底是什麼呢？

我和米莎大人兩個人都歪著頭。

她帶我們來的地方是某家店的店門前。

我沒有看到像是招牌的東西。

這裡是什麼店呢？

諾雅大人走進店裡，我們也跟了上去。

「打擾了，我是諾雅兒．佛許羅賽。」

諾雅大人一進到店裡就告知自己的名字。

然後，有一個男人走過來了。

「哎呀諾雅兒大人，您特地前來拜訪嗎？本店依約是要在今天傍晚將東西帶到您府上的。」

「不好意思，我等不及要早點拿到了。那麼，東西已經做好了嗎？」

「是的，已經完成了。」

男人走到後面，又馬上走回來。

他的手裡拿著某種東西。並不是很大的東西，那是什麼呢？

「就是這些，麻煩您確認一下。」

諾雅大人收下並確認，然後露出開心的表情。

諾雅大人手上的東西是市民卡，還是公會卡呢？

可是，張數很多。大概有多少張呢？

「非常謝謝你們。東西就和我要求的一樣。」

諾雅大人一臉高興地捏緊卡片，說出感謝的話。

然後，諾雅大人把卡片拿給我們看。

諾雅大人給我們看的卡片很像是市民卡或公會卡。

我看看卡片，發現上面寫著……

熊熊粉絲俱樂部會員證

　會員編號：００００

　姓名：

　年齡：

我看了背面……

　熊熊粉絲俱樂部　入會規約

１.必須喜歡熊熊。

可是，還有一件讓我更在意的事情。

卡片的號碼是不是太多位數了？

我這麼問。

「當然了，我們的目標是一萬人！」

優奈姊姊，請救救我。事情好像一發不可收拾了。

我得到了熊熊粉絲俱樂部的會員編號０００２和副會長的地位。

接著，我把卡片小心地收到道具袋的深處。

希望不會被優奈姊姊發現。

順帶一提，卡片現在好像只做好了一百張。

艾蕾羅拉大人好像答應如果粉絲俱樂部的人數超過一百個人，就要再多做一百張卡片。

一百個人也很多了耶。

後記

好久不見，我是くまなの。

非常感謝您這次拿起了《熊熊勇闖異世界3》。託各位讀者的福，第三集也順利出版了。

這次的情節基本上也和「成為小說家吧」所刊載的內容相同，但在各種細節上作了變化，「成為小說家吧」的讀者應該也能讀得開心。

第三集的開頭是優奈正要前往王都的故事。

前往王都有幾天的路程，需要露宿野外，這個時候就輪到熊熊屋大顯身手了。

熊熊屋有溫暖的房間和溫暖的床鋪，連浴室都很完善。如果可以帶著走的話，真想要有一間呢。

新撰寫的章節是菲娜、諾雅、米莎等三個女孩一起行動的故事。

參觀城堡、逛了攤販的三個女孩會去拿「熊熊粉絲俱樂部」的會員卡。

我想優奈應該不會知道粉絲俱樂部的存在，但我也想要寫下她發現這件事時的故事，根據今後的故事走向，有可能會出現這樣的情節。

第四集預定７月發售（註：日本方面），敬請讀者期待。

另外，非常感謝０２９老師答應畫出熊熊屋和繪本的任性要求。
而且插畫中增加了希雅和芙蘿拉公主，讓我在執筆的時候非常容易想像。

最後，我要感謝在推出本作的時候關照過我的各方人士。
參與挑錯等工作的校對者、責任編輯、出版社的各位同仁，真的非常感謝你們。

二〇一六年三月吉日　くまなの

國家圖書館出版品預行編目資料

熊熊勇闖異世界 / くまなの作 ; 王怡山譯. -- 初版. -- 臺北市 : 臺灣角川, 2016.09-
冊 ; 公分
譯自 : くまクマ熊ベアー
ISBN 978-986-473-302-6(第1冊 : 平裝). --ISBN 978-986-473-378-1(第2冊 : 平裝). --ISBN 978-986-473-517-4(第3冊 : 平裝)

861.57 105014441

Kadokawa
Fantastic
Novels

熊熊勇闖異世界 3

(原著名：くま クマ 熊 ベアー 3)

2017年2月13日 初版第1刷發行
2021年1月22日 初版第3刷發行

作　者：くまなの
插　畫：029
譯　者：王怡山

發行人：岩崎剛人
總編輯：蔡佩芬
編　輯：蘇涵
美術設計：黃永漢
印　務：李明修（主任）、張加恩（主任）、張凱棋

發行所：台灣角川股份有限公司
地　址：105台北市光復北路11巷44號5樓
電　話：（02）2747-2433
傳　真：（02）2747-2558
網　址：http://www.kadokawa.com.tw
劃撥帳戶：台灣角川股份有限公司
劃撥帳號：19487412
法律顧問：有澤法律事務所
製　版：尚騰印刷事業有限公司
ISBN：978-986-473-517-4